博雅书丛
BOYA SERIES

浙江科技大学人文学院
"博雅书丛"编辑委员会
主　任　叶　晗
副主任　税昌锡　胡云晚
成　员　（按姓氏拼音为序）
　　　　胡云晚　凌　喆　刘红英　税昌锡
　　　　陶绍清　杨同用　叶　晗

浙江科技大学2023年度学术著作出版专项资助
浙江科技大学2023年度省一流汉语言文学专业建设专项资助

寻游唐宋

诗词里的中国

陶绍清 ● 著

浙江大学出版社
ZHEJIANG UNIVERSITY PRESS
·杭州·

图书在版编目（CIP）数据

寻游唐宋：诗词里的中国 / 陶绍清著. -- 杭州：浙江大学出版社，2024.9
ISBN 978-7-308-25036-8

Ⅰ．①寻… Ⅱ．①陶… Ⅲ．①唐诗－诗歌欣赏②宋词－诗歌欣赏 Ⅳ．①I207.2

中国国家版本馆CIP数据核字(2024)第102823号

寻游唐宋：诗词里的中国
陶绍清 著

策划编辑	包灵灵
责任编辑	田　慧
责任校对	黄梦瑶
封面设计	杭州林智广告有限公司
出版发行	浙江大学出版社
	（杭州市天目山路148号　邮政编码　310007）
	（网址：http://www.zjupress.com）
排　　版	杭州林智广告有限公司
印　　刷	浙江海虹彩色印务有限公司
开　　本	880mm×1230mm　1/32
插　　页	6
印　　张	8.625
字　　数	200千
版 印 次	2024年9月第1版　2024年9月第1次印刷
书　　号	ISBN 978-7-308-25036-8
定　　价	48.00元

版权所有　侵权必究　　印装差错　负责调换
浙江大学出版社市场运营中心联系方式：0571-88925591；http://zjdxcbs.tmall.com

[明]佚名,《会稽山图》(局部)
美国大都会艺术博物馆藏

[宋]佚名,《西湖春晓图》
故宫博物院藏

[明]丁云鹏,《浔阳送客图》(绘白居易《琵琶行》,局部)
美国大都会艺术博物馆藏

［宋］李嵩，《月夜看潮图》
台北故宫博物院藏

［清］陆汉，《山水八开册之一：模醉翁亭》
美国大都会艺术博物馆藏

［宋］佚名，《明皇幸蜀图》
美国大都会艺术博物馆藏

［宋］梁楷，《李白行吟图》
日本东京国立博物馆藏

[明/清]佚名，仿刘松年《杜甫饮中八仙歌诗画》(局部)
美国大都会艺术博物馆藏

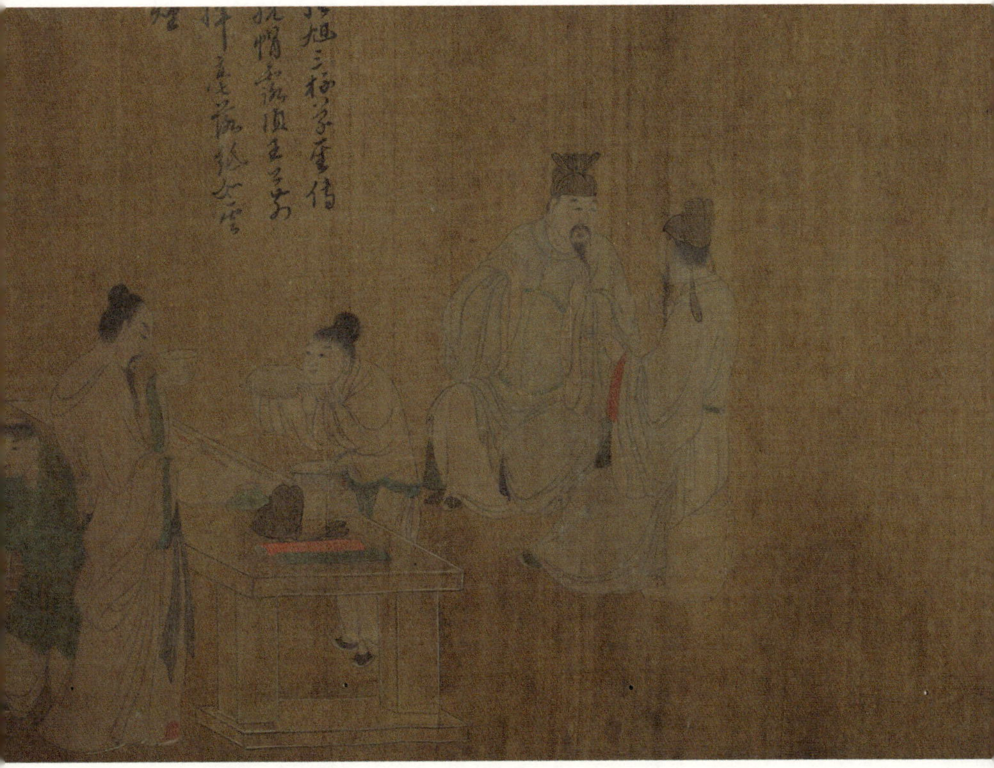

［宋］李公麟（传），《西园雅集图》（局部）
台北故宫博物院藏

西園雅集圖

［元］赵孟頫,《苏东坡小像》
台北故宫博物院藏

"博雅书丛"出版说明

"博雅"者,孔氏《尚书序》云:"若好古博雅君子,与我同志,亦所不隐也。"隋代王通《中说》曰:"薛宏请见《六经》,子不出。门人惑。子笑曰:'有好古博雅君子,则所不隐。'"《后汉书·杜林传》亦云:"博雅多通,称为任职相。"盖即广博学问、志怀雅正意。爰及今世,当可通解为人才培养中着重于学识广博、气度优雅、人格健康,以达到全面发展的目标。西方也有"博雅教育"(Liberal Education)之名。

2023年2月7日,习近平总书记在学习贯彻党的二十大精神研讨班开班式上发表重要讲话,指出:"中国式现代化,深深植根于中华优秀传统文化,体现科学社会主义的先进本质,借鉴吸收一切人类优秀文明成果,代表人类文明进步的发展方向,展现了不同于西方现代化模式的新图景,是一种全新的人类文明形态。"[1]我们认为,"博雅"也正是"全新的人类文明形

---

[1] 习近平在学习贯彻党的二十大精神研讨班开班式上发表重要讲话强调 正确理解和大力推进中国式现代化. 人民日报,2023-02-08(01). http://data.people.com.cn/rmrb/20230208/1.

态"的一种生动体现。

浙江科技大学人文学院自2006年创立以来,虽尚年轻,但学院上下秉承"博雅、融和、开明、创新"之院训;中西学子,树博雅交流之志向;文教同人,怀博雅淹通之旨趣。十数年来,矻矻耕耘,欣欣向荣。

我们即以"博雅"为名,将我院同人曩时所思、平日所学之成绩,精择优选,结集出版。选题上,举凡论述、考证、资料、教学诸类,不一而足。日后新作,仍将递相增益。

我们的期待,一则奋发群志,激励后进,以"博雅"为追求的方向,集思广益,精益求精;二则也不揣谫陋,借此向学界汇报,诚望方家学者教正之。

本丛书的出版受益于学校振兴人文社会科学之行动,以及浙江省政务新媒体研究院、省一流汉语言文学专业、浙江科技大学国际中文教育高峰学科和中国语言文学重点学科建设项目等的出版支持。

浙江科技大学人文学院
"博雅书丛"编委会
2024年1月

前　言

20世纪初，美国人本主义心理学家卡尔·罗杰斯在他的著作《论人的成长》（世界图书出版公司2015年版）中提出了一个很有意思的理论和方法：共情（Empathy，也被译作"移情"或"同理心"）。他认为，共情就是一种体验别人的想法与感受的能力与过程。在这个过程中，共情者感受别人的现实和内心世界，就好像那是他自己的世界一样。

美国心理学家亚瑟·乔拉米卡利在他的《共情力》（北京联合出版公司2017年版）一书中给出了一个相对完整的阐释。乔拉米卡利认为，通过共情这一过程，人们可以对他人所处的环境和情感关系有更好的理解和感受：设身处地将自己想象成另一个人，体认他过去的生活经历，用他的眼睛来看周围的世界，感受着他的情感。

其实，罗杰斯和乔拉米卡利的"共情"，和我们的先秦典籍《论语》中的"恕"颇为相近。"恕"就是有"如人之心"，就是站在对方的具体情境中和立场上为他人着想，从而换取对他人真正深入的理解，促进与他人的沟通。"曾子曰：'夫子之道，忠恕而已矣。'"(《论语·里仁》)"其恕乎！己所不欲，勿施于人。"(《论语·卫灵公》)道理应该是差不多的。

罗杰斯创立共情理论，起初主要用于对人的心理诊疗和心理咨询活动中。随着人们对共情理论的广泛认可，其便被引申到心理学理论中。

这种从人本出发的理念和方法，我想，既可以同样适用于我们对古代文学作品的理解，也不妨作为阅读和理解古人的一种有效途径。

我们今天读唐诗宋词，常常喜欢简单地给一个作家的风格下一个成熟的定义：苏东坡、辛弃疾是豪放派，李太白飘逸洒脱，杜子美沉郁顿挫，等等。这种笼统的界定，对我们从风格上把握作家的总体特点是有帮助的。但实质上，每个人的性格都是复杂的，也会因时因地因境而不断地变化。一个作家的成长同样受各种偶然、必然因素的干扰和制约，其情感也在不断地变动甚至反复。同样是艰苦生活，苏轼二十岁和四十岁的不同经历，对他的成长的影响自然是有很大区别的；同样是飘逸洒脱，李白在初下扬州和在长安任翰林待诏时，也有着完全不同的心境。

除了时间、心境、情感等之外，周围地理环境的变化，也一定会对人的感情经历产生直接的作用。刘勰在《文心雕龙》中早就这样概括过："春秋代序，阴阳惨舒；物色之动，心亦摇焉""岁有其物，物有其容；情以物迁，辞以情发"。这里的"物"，不应当只是外在应四时而变的自然景物，也有地理或地域环境的变化。比如，岑参的诗歌创作生命很长，其出塞的时间总共只有六年，其诗歌创作却以边塞诗名世；而在两次出塞中，创作风格却有很大的不同，情感和意志也有明显区别。高适在朔北的从军和后来在西域的入幕，同样都属于出塞，但诗歌风格和情感迥异。

上面的一点点肤浅的认识，是我写作这本小书的一个小小的出发点和感受。我选取了唐宋间十数位著名且有代表性的诗词作家作为观察对象，并选取了唐宋时期文学创作和社会活动最为活跃的城市和地区。我想要做的，就是把这些作家本人还原到当时的情境和具体的社会生活环境中，用共情——也就是用"设身处人""设身处时""设身处地"的方式，去理解和感知作家斯时斯地的感情，痛他们的痛，乐他们的乐，苦他们的苦，悲他们的悲。我试图用这个理念和方法，努力去读古人，读古人的生活，读古人的情感，触发共情，以达到期待的"心心相印"。

这本小书的写作，缘于我从2014年起在浙江科技大学（原浙江科技学院）人文学院中文系开设的一门本科三年级的专业选修课程"唐宋诗词寻游"，这门课是专业课"中国古代文学"断代阶段"唐宋文学"的辅助课程。

课程开设的初衷，是打算让同学们在学习唐宋文学的过程中，以文学与地理交融的专题方式（文学地理学），从今天的绍兴（山阴）"启程"，按逆时针方向，经杭州、苏州、南京（金陵）、扬州、开封（汴州）、洛阳、西安（长安）、成都（益州）及西域边塞等代表性城市和地区，寻觅唐宋著名诗词作家们的行吟足迹，感受他们的情感和创作。我试图引导同学们对诗人们进行相对动态和系统的观察，并尽可能主动介入其中，以期产生一种奇妙的共情体验，从而更真切地理解作家的创作心境和作品内涵。

在这跨越千年的阅读体验中，共情的心境是十分复杂的：当看到杜甫在长安除夕夜"冯陵大叫呼五白，袒跣不肯成枭卢"时，是会心的欢快，再看到他"朝扣富儿门，暮随肥马尘"的窘迫凄凉时，又是沉重的心酸；当看到苏东坡在汴京省试时得欧阳修"他日文章必独步天下"之赞誉而舒心雀跃，再看到他在乌台诗案中作绝命诗"小臣愚暗自亡身"时的惊恐而焦虑悲伤；等等。阅读古诗词，并不仅仅是体悟文字意境的审美愉悦——古人用他们的文字记录着他们真实的生命体验，那不单是一串串文字，更是一段段活生生的生命历程。

作为教材，或者作为一种文字的载体，我又希望这本小书能得到一点突破，就是希望在字里行间给同学们一些文字以外的启发，能令同学们在阅读表层的文字之后产生一些主动的思考。毕竟，诗词的文字作为符号是僵硬的，是没有生命的。但是，隐藏在这些文字背后的，是那个时代诗人们、词人们真实的生活和情感：他们的悲怆或欣喜，他们的期待和情怀。同样，每一段文字背后，也潜藏着每个人在特定阶段、特定环境中的生命逻辑。我希望努力挖掘这些，通过共情效应，把诗词所体现出来的情感和生命体验还给他们，然后重新展现他们。

事实上，在课堂上，我也在努力地实践和充实着这种尝试。这个过程中，感想很多，收获和惊喜也很多。

本书的策划编辑浙江大学出版社包灵灵老师和责任编辑田慧老师的包容和鼓励，使我决定改"编"为"著"，给了我们继续深度探索的勇气和信心。

在文字形式上，我选择使用简短的句式，甚至"胡作非为"地使用了一些现代流行的语言来进行表达。不管是悲伤的还是喜悦的情绪，短促的句式总是更适合情绪的流变和心灵的律动，有一种踩着鼓点和古人声气相应的共振节奏，而这种节奏共振似乎正是我们试图与古人共情而心灵相通的交流方式。文字表达只是寻求共情的方式。即使相隔千年，我仍然相信，无论古人还是今人，心灵其实都是相通相应的，作为人类最基本的情感应是一致的。这种看似有些不太符合传统表达方式的尝试，我不敢想象会带来什么样的效果，于是我将它捧给读者朋友们看，请读者朋友们评判。所有对我们的批评，我一定会尤其欢迎和接受。我最大的心愿，就是能使我们年轻的同学们，以及读到这本小书的读者朋友们，在字里行间找到哪怕是一点点延伸思考和情感体验的契机。因为，我相信阅读的强大力量，相信共情的特殊魅力。

党的二十大报告指出："传承中华优秀传统文化，满足人民日益增长的精神文化需求。"[①]我们用阅读经典、共情古人的方式，努力传承中华优秀传统文化，践行党的二十大精神。

特别感谢我所在单位浙江科技大学科研处及人文学院的领导和同人们的大力支持和帮助，感谢选修"唐宋诗词寻游"的历届同学的切磋交流给我带来的启发、思考和非凡体验。感谢研究生程雅婷、李雯、吴冰洁同学协助部分文本的校对工作。

---

① 习近平. 高举中国特色社会主义伟大旗帜 为全面建设社会主义现代化国家而团结奋斗——在中国共产党第二十次全国代表大会上的报告. 人民日报，2022-10-26（01）. http://data.people.com.cn/rmrb/20221026/1.

由于水平和经验有限，对诗词作品的解读和体会一定会有不合理甚至错误的地方；也可能因为共情体验不充分，而造成对作家和作品的解读发生偏差乃至误读误解。如果您有任何的批评、建议和意见，也恳请您与我联系，我一定及时回复并虚心请益。

陶绍清

2024 年 1 月于杭州小和山

电子邮箱：shaoqingtao@126.com

目 录

一 陆放翁的山阴往事 / 001

（一）归 乡 / 003

（二）昔 年 / 015

（三）钗头凤 / 021

（四）绝 唱 / 025

二 白居易的钱塘岁月 / 027

（一）启 程 / 029

（二）初 任 / 031

（三）友 朋 / 033

（四）寺院、西湖与酒 / 037

（五）离 杭 / 045

三　三载韦苏州　/ 049

（一）草木永定寺　/ 050
（二）韦苏州前传　/ 054
（三）姑苏的游赏与宴饮　/ 057
（四）勤　政　/ 064
（五）伤　逝　/ 068

四　凤凰台上太白游　/ 069

（一）起　点　/ 071
（二）忧　伤　/ 075
（三）欢　愉　/ 087
（四）不是终点的终点　/ 092

五　二分明月在扬州　/ 095

（一）行者孟浩然　/ 097
（二）李白的狂与寂　/ 103
（三）杜牧的爱与怜　/ 110

六　苏东坡的汴京朋友圈　/ 121

（一）晋　升　/ 123

（二）乌　台　/　131

（三）元　祐　/　138

（四）西　园　/　146

七　洛城春色欧君来　/　151

（一）洛阳花色笑春日　/　153

（二）游赏洛阳始著篇　/　159

（三）曾是洛阳花下客　/　167

八　长安破，少陵生　/　171

（一）委弃长安道，游荡公卿间　/　173

（二）饮中有八仙　/　186

（三）梦碎长安城　/　192

（四）长安破，少陵生　/　196

九　万里桥边女校书　/　199

（一）扫眉才子　/　201

（二）女中君子　/　208

（三）风流元公子　/　215

（四）深红小笺吟诗楼　/　219

十 西边有诗，也有远方 / 223

（一）先声：骆临海的西域世界 / 225

（二）万里乡梦岑参军 / 231

（三）功名边烽高书记 / 243

主要参考文献 / 253

（一）文史综合 / 253

（二）地　志 / 255

（三）笔　记 / 256

（四）全集、别集 / 258

（五）年谱传记 / 262

一

陆放翁的山阴往事

南宋宁宗嘉泰三年（1203）六月，历城（今山东济南历城区）词人辛弃疾来到绍兴，知绍兴府兼浙东安抚使，正好见到回乡村居的陆游。

幼安此年六十四岁，长幼安十五岁的放翁欣喜异常："浩歌陌上君无怪，世谱推原自楚狂。"（《草堂》）

两位为抗金呼号大半辈子的老英雄聚首，惺惺相惜，不逊于当年洛阳的李杜相识。

韩侂胄拜相，意欲北伐。幼安十二月召赴临安行在。

放翁赠诗："稼轩落笔凌鲍谢，退避声名称学稼。十年高卧不出门，参透南宗牧牛话。……但令小试出绪余，青史英豪可雄跨。"（《送辛幼安殿撰造朝》）

可怜两位英雄尽白头！

在山阴，幼安为放翁在草堂前开掘了一方林塘，引来一湾清水。

本来拟再修几间房,让老人住得舒服点,放翁没让:"辛幼安每欲为筑舍,予辞之,遂止。"(《草堂》诗自注)

约四百五十年前,流落成都的杜少陵,得成都尹、剑南西川节度使裴冕协助,于浣花溪畔代筑草堂,历史巧合欤?

开禧二年(1206),韩侂胄北伐。

辛弃疾始终在镇江知府任,无缘战事。

一年后,"开禧北伐"失败,韩侂胄被杀。

嘉泰三年(1203)一别,幼安于四年后,放翁于七年后,相继辞世。

世间再无北伐声。

(一)归 乡

七十九岁了,放翁似乎才第一次真正地"放","放开"的"放"。

> 幸有湖边旧草堂,敢烦地主筑林塘。
> 漉残醅瓮葛巾湿,插遍野梅纱帽香。
> 风紧春寒那可敌,身闲昼漏不胜长。
> 浩歌陌上君无怪,世谱推原自楚狂。
>
> ——《草堂》

嘉泰三年(1203)五月,陆游最后一次回到家乡。

站在高岗上,身后是连绵的丘陵,前面是浙北平原吹来的风。

春风斜斜的,还有点凉意,就像七十多年来经历的匆匆往事。

帽檐湿了,无妨,有酒即可。

杜少陵说:"白日放歌须纵酒。"(《闻官军收河南河北》)

韦端己说:"春日游,杏花吹满头。"(《思帝乡·春日游》)

自称有着楚狂接舆(陆通)的执拗基因,放翁在天地间放歌,寻回丢失多年的自我:"八十年来自在身。"(《初归杂咏》)

温煦的风在山阴的乡野田间轻拂着,自在自足。

这一年的春天,放翁还在宝谟阁待制——一个既尴尬又难弃难留的职位上贡献着余热。

毕竟古稀有加了,落叶归根,放翁对家乡的思念与日俱增:

> 平生爱山水,游陟老不厌。
> 此外惟读书,垂死尚关念。
> 方昔少壮时,万里携一剑。
> 自从还故山,日夜就收敛。
> ……
> 思归入梦寐,历历数过店。
> 问津始胥涛,系缆望禹穴。
> 小江斋饼美,梅市将酒酽。
> 云破山嶙峋,雨足湖潋滟,
> 二月柳胜搓,三月花如染。
> 拄杖幸可扶,吾生尚何欠。
>
> ——《思归示子聿》

放翁在漫长人生最后时刻的《示儿》诗，激励并感动着多少代华夏儿女，可歌可泣。

也有人视其为放翁爱国精神本该有的样子。放翁晚归乡野的描山摹水，却成了消极遁世的表现。

一位八十高龄行将离去的老人，以笔为剑，以诗为旗，一生奔波。放翁太累了。

他心底寻觅的恬淡与安详，既是自我的心灵慰藉，也应获得我们诚挚的祝愿。

何况对青山秀水、朴风良俗的触摸，也是与国同命运、与民同呼吸的情愫所系。

在山阴，放翁如归林的轻猿和飞鹤：

> 带宽非复昔年腰，颊上余丹日日消。
> 切勿更为儿戏事，解猿放鹤各消摇。
> ——《自箴》

野史上说："［唐］王仁裕尝从事于汉中，家于公署。巴山有采捕者，献猿儿焉。怜其小而慧黠，使人养之，名曰野宾。……［后］又使人送入孤云两角山，且使絷在山家，旬日后方解而纵之，不复再来矣。"（李昉《太平广记·王仁裕》，注出王仁裕《王氏见闻》）

东坡也讲过一个故事："［云龙］山人有二鹤，甚驯而善飞，旦则望西山之缺而放焉，纵其所如，或立于陂田，或翔于云表，暮则傃东山而归。"（《放鹤亭记》）

陶潜说："羁鸟恋旧林，池鱼思故渊。"［《归园田居五首

（其一）》]

都是差不多的纵情放飞。

在山阴，放翁偏爱着他的小园子。

嘉泰三年（1203）六月，刚刚回到山阴，放翁甫一开眼，就瞅他的小园子：

> 小园五亩剪蓬蒿，便觉人间迹可逃。
> 尽疏珍禽添《尔雅》，更书香草续《离骚》。
> 药苗可劚携长镵，黍酒新成压小槽。
> 老入鹓行方彻悟，一官何处不徒劳！
> ——《初归杂咏七首（其六）》

人说"人勤地不懒"，蓬蒿长得高了，是到了剪一剪的时候了。

逃了人间的迹，也索性剪一剪心中丛生的蓬蒿。

可是，小园就小园呗，非要勾连起鹓行（官员上朝的行列）朝堂中那个佝偻的身躯，何苦呢？

园子里的药苗茁壮地成长，黍酒想来也可备秋后的长饮。

可总是哪里缺了点什么。

《尔雅》里浸润着家国悲壮，还有那个吟唱着《离骚》的伟岸身影。

毕竟惦记大半辈子了，放翁的心有些乱了。

算了，既已归园田居，放下吧，或许眼前就是幸福：

> 病中看《周易》，醉后读《离骚》。
> 不解书驴券，安能问马曹？
> 身随游宦困，气为屏居豪。
> 清旦南堂坐，稽山秋更高。
>
> ——《自诒二首（其一）》

放翁于是开始了简单的生活：吃饱喝足，嬉花逗草。

快八十岁怎么了？歌吟人间世，笔走天地间。

记得二十年前的淳熙十年（1183），也是在这个园子，放翁挥着笔，意气风发：

> 霜风吹枯桑，落叶干有声。
> 陂池日已涸，沙水见底清。
> 人生非金石，岁暮难为情。
> 安得天边鹄，驾之以远征！
>
> ——《行后园》

放翁还是那个放翁！

虽是小小园子，其中自别有洞天：

> 今日天霣霜，又见一日晴。
> 晴寒病良已，扶杖东园行。
> 瓦鼓息我倦，静听幽鸟鸣。
> 花果四十株，手自培养成。
> 疏密无行列，东园盖强名。

人看不满笑,聊用适我情。

——《东园》

"疏密无行列",仿佛看到陶渊明"草盛豆苗稀"[《归园田居五首(其三)》]的自嘲。

隐者陶潜,似乎真的走进了放翁的心里:

菊得霜乃荣,性与凡草殊。
我病得霜健,每却稚子扶。
岂与菊同性,故能老不枯?
今朝唤父老,采菊陈酒壶。
举袖舞翩仙,击缶歌乌乌。
秋晚遇佳日,一醉讵可无!

——《小饮赏菊》

嘉泰三年(1203)的寒秋,距辞去宝谟阁待制,从临安回到故乡已半年有余。

放翁在古稀之年的末段,忙碌着最后的公干,并不似陶渊明的失意挂冠。

他热爱着家乡的土地和植物,也只有在这块土地上,年近八十的老翁才可以长出飞翔的翅膀,才可以恣意地歌唱,"举袖舞翩仙,击缶歌乌乌"。

无拘无束地放歌,不正是人生极致的快意吗?

尘甑炊畬粟,羸僮策蹇驴。
自从行卷日,直至挂冠余。

> 揣分元知止，求官实抱虚。
> 园蔬幸无恙，父子日携锄。
> ——《书叹》

放翁给自己留了一块地，一片园。

播种失意，也播种理想；播种地老天荒，也播种人生的苍凉。

在山阴，放翁有自嘲，也自在舒展……

在一位将近八十高龄的老人面前谈论人生是一个笑话，除非他自我嘲笑：

> 白首归来亦灌畦，任教邻里笑栖栖。
> 道心宁感两雌雉？生计惟存五母鸡。
> 不恨闲门可罗爵，本知穷巷自多泥。
> 暮闻鼓角犹人境，更欲移家入剡溪。
> ——《村居四首（其一）》

"笑栖栖"，典出《论语·宪问》："微生亩谓孔子曰：'丘何为是栖栖者与？无乃为佞乎？'孔子曰：'非敢为佞也，疾固也。'"

这是隐者的价值观与儒者的世界观的对话，夫子沉湎于世事的忙碌中，态度诚恳。

达也好，穷也罢，各有各的理由，都蛰伏着理想——放翁是坦荡的。

"五母鸡"，典出《孟子·尽心上》："五母鸡，二母彘，无失其时,老者足以无失肉矣。"

微薄的家用,寄托着普通百姓的人生希望——放翁是质朴的。

眼中有生计,心里有人民。

约四百五十年前杜少陵喊出"安得广厦千万间"时的心情,一生深情的放翁是懂的。

> 外泽里常粗,元知似瓠壶。
> 仕因无援困,学为背时孤。
> 轩盖愁城市,风烟落道途。
> 它年游万里,不必念归吴。
>
> ——《自嘲》

陈寿《三国志·蜀书·张裔传》说,三国蜀成都人张裔,有学有品,有才有干,谓之"瓠壶",鬼教(魏晋对佛教的侮称)之语也。

比较是酸楚的,张裔毕竟做过巴郡太守,又得丞相孔明青睐。

放翁有些伤心:"仕因无援""学为背时",最后落个"轩盖愁城市,风烟落道途"的晚境凄凉。

要说忠勇者,放翁算一个。

要说无为者,放翁也算一个。

自嘲是自伤,而已矣!

自嘲其实不是自伤,不是自怜,而是欢快的热爱:

> 残年真欲数期颐,一事无营饱即嬉。

> 身入儿童斗草社，心如太古结绳时。
> 腾腾不许诸人会，兀兀从嘲老子痴。
> 亦莫城中买盐酪，菜羹有味淡方知。
> ——《老甚自咏二首（其一）》

男人一生是少年，放翁也是。

人生如盐，有或没有，咸也好，淡也罢，自知。

在山阴，放翁有酒，也放歌……

放翁善饮，也易醉，多醉。

放翁早年诗，几被删灭，何时举觞饮已无从考起。

记得绍兴二十四年（1154），放翁三十岁，锁厅荐送第一，却因为秦桧之孙，礼部试黜落，堕入人生低谷。

饶是如此，放翁仍能吟出踏雪寻春的美文字：

> 风花怜寂寞，起舞为我娱。
> 举酒谢风花，吾道殊不疏。
> ——《和陈鲁山十诗以孟夏草木
> 长绕屋树扶疏为韵（其十）》

年轻嘛，苦难和欢快都是不经意的。

一觉醒来，人生就可以格式化一次，从头再来。

绍兴二十九年（1159），陆游到了福州，三十五岁了。

即便只是一枚小小的福州决曹，放翁仍然可以用盛开的心花去摩挲天下：

> 寺楼钟鼓催昏晓，墟落云烟自古今。

白发未除豪气在，醉吹横笛坐榕阴。

——《度浮桥至南台》

在临安，在镇江，遭受近十年的官场锤打后，放翁才深深体会到，人生并不都是繁花铺地。

乾道六年（1170）九月，入蜀的路程蜿蜒到了江夏，作别朋友章冠之（章甫）之后，放翁徒然伤感起来：

骑鹤仙人不可呼，一樽犹得与君俱。
未应湖海无豪士，长恨乾坤有腐儒。
壮岁光阴随手过，晚途衰病要人扶。
凄凉江夏秋风里，况见新丰旧酒徒。

——《江夏与章冠之遇别后寄赠》

将痛楚写在脸上，与杜子美当年一般："江汉思归客，乾坤一腐儒。"（《江汉》）

把落寞藏在心间，与马周当年一般："［马周］西游长安，宿于新丰逆旅。主人唯供诸商贩而不顾待周，遂命酒一斗八升，悠然独酌。主人深异之。"（刘昫等《旧唐书·马周传》）

要说年轻多磨难，晚岁心彷徨。

其实把放翁之后在蜀地的行迹捋一捋，"晚途衰病要人扶"，那是很久之后的尴尬了。

——放翁的一生，最不缺的是战斗，坚定的、一个人的战斗。

终于，衰与病，劈面砸向七十九岁的老归者放翁。

平生本清净，垂老更萧然。
已罢客载酒，亦无僧说禅。
空庭朝下鹊，密树晚鸣蝉。
长日君无厌，新秋近眼边。
——《夏日独居》

如此，放翁之"放"怎生安处？
如此，会稽山会变瘦，镜湖畔的蓼草也发酸了。
罢，罢，罢！人生不就是一壶酒嘛！

不管诗人太瘦生，但念酒徒稀醉眠。
凭谁为画毕吏部，缚著邻家春瓮边。
——《对酒戏咏二首（其一）》

绿橙丹柿斗时新，一笑聊夸老健身。
大度乾坤容纵酒，多情风月伴垂纶。
——《对酒示坐中》

老子秋来乐事稠，吴粳新捣酒新篘。
矮黄不待园官送，小白每烦溪女留。
顿饱可怜频梦与，半酣自喜有儿酬。
不如意事何穷已？且放团栾一笑休。
——《与儿辈小集》

即便"吾生行归休"（陶渊明《游斜川》）的永生在即，放翁仍惦记着手中杯盏：

> 天下本无事，吾生行且休。
> 关心惟酒盏，入眼独渔舟。
> 雁过三湘晓，云开二华秋。
> 殷勤驿楼柱，小草记曾游。
> ——《纵笔二首（其一）》

淳熙二年（1175）六月，敷文阁直学士范成大知成都府、权四川制置使。

自乾道六年（1170）金山一别，五年后老友相逢，放翁意气风发：

> 归穿南市万人看，流星突过连钱骢。
> 高楼作歌醉自写，墨光烛焰交长虹。
> 人生未死贵适意，万里作客元非穷。
> 故人夜直金銮殿，僵卧独听宫门钟。
> ——《醉中长歌》

放翁一生寥廓，交友极广（由《入蜀记》可见），然引为知己者不过二三子而已。

"夜直金銮殿"之"故人"为周必大，亦南宋间一个大写的人。

"高楼作歌醉自写"，淳熙三年（1176），"放翁"之号崛地而起！

三十载之后，山阴道上，迎来一位"狂歌醉草"的八十老翁：

> 身闲仙不远，食足富何加。
> 庭卧长生犊，园开手种花。
> 狂歌声跌宕，醉草笔横斜。
> 八十明年是，衰残岂复嗟。
> ——《自喜》

或许是与楚狂接舆（陆通）的血脉相因（按，陆游以陆通为陆氏先祖）；如果说陆通的世界是一个简简单单的"隐"字，那么放翁的世界是什么？

> 孤云系不定，野鹤笼难驯。
> 卖药句曲秋，沽酒天台春。
> 中原几流血，四海一闲人。
> 邀月对我影，折花插我巾。
> 花月成三友，江海为四邻。
> 何敢忘吾君，巢由称外臣。
> ——《乙巳秋暮独酌四首（其一）》

有典出焉："[士] 讣于他国之君，曰君之外臣某死。"（《礼记·杂记》）

放翁的世界里，有家乡明媚的花月，有闲致的野鹤孤云，有疗饥诊疾的酒药，更有辽阔的故国、壮丽的山河！

（二）昔　年

山阴县——陆游一生约四分之三的时间居住的家乡。

山阴，宋为绍兴府（会稽郡）八县之一，沈作宾、施宿《会稽志》载嘉泰元年（1201）人口计三万六千户，绝对的望县。

《越绝书》说："禹始也，忧民救水，到大越，上茅山，大会计，爵有德，封有功，更名茅山曰会稽。"

《周礼·夏官司马》说，职方氏，掌天下之图，以掌天下之地，所分九州，其八皆在江北之境，独会稽（属广义的扬州）于南土独树一帜，可以代表上古南方的顶级水平："东南曰扬州，其山镇曰会稽。"

配置上去了，内涵自然也要跟上："及其王也，巡狩大越，见耆老，纳诗书，审铨衡，平斗斛。"（袁康、吴平《越绝书》）

嘉泰元年（1201），直龙图阁沈作宾、通判府事施宿作了一部《会稽志》，请史学经验丰富的陆游"参订其概"。

放翁大笔一挥，作《会稽志序》一通。

他谨重地定义自己的家乡："今天下巨镇，唯金陵与会稽耳，荆、扬、梁、益、潭、广，皆莫敢望也。"

荆、扬为古九州中处长江北而近南方之二州，益州（成都）唐时极盛，有"扬一益二"美誉，潭（长沙）亦唐宋间城市新贵，广（广州）则海上丝路新宠。

对于家乡，陆游多么骄傲！

早在八百多年前，东晋大画家顾恺之逛了趟绍兴，回来后击节赞叹："千岩竞秀，万壑争流，草木蒙笼其上，若云兴霞蔚。"（刘义庆《世说新语·言语第二》）

宋人张淏说："晋元帝以为今之关中，言其丰腴，则江左诸公比之鄠、杜之间，是拟之长安矣，盖其地襟海带江，方制千里，实东南一大都会。又物产之饶，鱼盐之富，实为浙右之

奥区也。"(《宝庆会稽续志》)

这么说来,由不得陆游不骄傲:他就是在这样一片了不起的土地上,展开了八十余载的人生操练。

宣和七年(1125)深秋的一天,宋徽宗赵佶提起笔,刚挥就一幅瘦金大字,心里咯噔一下:就在早前的八月,辽朝为金主完颜晟所灭,金人自然觊觎富庶的南境之地。

果然,十月,金人挥师南侵,剑指汴梁城。

斯时,汴京仍一派繁荣祥和。

危险,常常在歌舞升平之中悄然潜伏。

十月十七日,淮南路计度转运副使陆宰携家眷乘船经过淮上,陆游于此地出生,取名陆游,父亲陆宰后来又为其取了个字"务观"。

《列子·仲尼篇》:"务外游,不知务内观。外游者,求备于物;内观者,取足于身。"陆宰是有文化的山阴乡党,"务观"之名,寄托内外兼备之意。

在三十四岁(绍兴二十八年,1158)正式出仕福州宁德县主簿之前,放翁在山阴度过了他的儿童、少年和青年时期。

那时候他还很年轻,阳光正美,我们亲切地称放翁为"务观"。

务观三十三岁时写了篇《云门寿圣院记》,说:"忆为儿时往来山中,今三十年。"(按,应该是"二十年"。)

这个山,就是家乡的云门山。

此山名头不小:

山在会稽县南三十里,史载:"在县南三十里,旧经(按,

《云门志略》)云:'晋义熙二年,中书令王子敬居此,有五色祥云见,诏建寺,号云门。"(沈作宾、施宿等《会稽志》)

当年王献之看上的地方,有仙则名。

后来做过和尚的孟东野有诗云:"蓬瀛若仿佛,田野如泛浮。碧嶂几千绕,清泉万余流。"(《越中山水》)

杜子美亦有诗云:"若耶溪,云门寺。吾独胡为在泥滓,青鞋布袜从此始。"(《奉先刘少府新画山水障歌》)

绍兴三十二年(1162)冬,务观在首都临安想念云门的清泉:

> 湖海还朝白发生,懒随年少事声名。
> 极知忧国人谁及,细看无心语自平。
> 归访乡人忘位重,乍辞言责觉身轻。
> 篮舆避暑云门寺,应过幽居听水声。
>
> ——《送梁谏议》

诗下自注:"游有庵居在云门,流泉绕屋。""庵居"就是"云门草堂"。

这既是休憩的好去处,也是写诗的好环境。

古人年尚轻而云白发,基本上属于才智未逞却尤其爱惜羽毛者:

> 白发生一茎,朝来明镜里。
> 勿言一茎少,满头从此始。
>
> ——白居易《初见白发》

乐天颤巍巍写这首诗的时候,在元和二年(807)左右,时年仅三十六岁。

> 只因买得青山好,却恨归来白发多。
> ——辛弃疾《鹧鸪天·鹅湖归病起作》

辛稼轩淳熙十三年(1186)初居上饶带湖,心如丛草,斯年四十七岁。

白乐天、辛稼轩如是,陆务观亦如是。

与务观亦师亦友的曾几,曾多次到访云门草堂:

> 草堂人去客来游,竹笕泉鸣山更幽。
> 向使经营无陆子,残僧古寺不宜秋。
> ——曾几《题陆务观草堂》

修篁幽竹,叮咚鸣泉,的确是美景幽境。

自童卯始二十年的光阴,云门草堂帮助务观的人生世界观渐次养成。

> 小住初为旬月期,二年留滞未应非。
> 寻碑野寺云生屦,送客溪桥雪满衣。
> 亲涤砚池余墨渍,卧看炉面散烟霏。
> 他年游宦应无此,早买渔蓑未老归。
> ——《留题云门草堂》

诗作于绍兴二十六年(1156),务观三十二岁。

这年三月,七十三岁的曾几知台州,途经山阴,师徒盘桓于云门草堂。

放翁未曾料到,"未老归"只是他漫漫人生的一个顿号而已。

淳熙五年(1178)秋,务观自蜀东归至故里山阴。

山阴道中万壑水,依旧潺湲;云门寺里一炉香,久成寂寞。
——《雍熙请最老疏》

务观驻留家乡多处:云门草堂、梅山小筑、三山别业、石帆村居等。既娱目,更赏心,也是终老的皈依,心灵的栖居之所。更是历经人世艰难后,舐舐创伤的心灵逋逃薮。

孤鹤归飞,再过辽天,换尽旧人。念累累枯冢,茫茫梦境,王侯蝼蚁,毕竟成尘。载酒园林,寻花巷陌,当日何曾轻负春。流年改,叹围腰带剩,点鬓霜新。

交亲散落如云,又岂料、如今余此身。幸眼明身健,茶甘饭软,非惟我老,更有人贫。躲尽危机,消残壮志,短艇湖中闲采莼。吾何恨,有渔翁共醉,溪友为邻。
——《沁园春》

"躲尽危机,消残壮志",务观满身满心的,尽是疲惫。

（三）钗头凤

绍兴十四年（1144）的山阴，想来阳光应好。

受过情伤的人，最怕见眼前之景，最难忘心中之人。

放翁一生远涉巴蜀，奔波流年，"故山犹自不堪听，况半世、飘然羁旅"（《鹊桥仙·夜闻杜鹃》）。

私下的心思，"当年万里觅封侯"是其一，"山盟虽在，锦书难托"恐怕便是其二。

绍兴十四年（1144），二十岁的务观与表妹唐琬结婚，有情人终成眷属。

这次的婚姻，因为两情相悦的唯美，千百年来得到人们少有的一致祝福。又因为少有的悲壮结局，这段姻缘也得到千百年来少有的一致悲悯。

务观《剑南诗稿》可考者，婚前仅收诗一首：绍兴十二年（1142）《别曾学士》。其后留作便空空如也。

直到绍兴二十一年（1151）、二十二年（1152）间作《送仲高兄宫学秩满赴行在》。

再至绍兴二十四年（1154）作《题阎郎中溧水东皋园亭》，至终年而未辍。

绍兴二十四年（1154）前之旧作，几乎全无记录，神奇地消失了。

绍兴十八年（1148），务观长子子虞生。

务观夫子自道：

> 此予丙戌［按，乾道二年，1166］以前诗二十之一也。及在严州再编，又去十之九。然此残稿，终亦惜之，乃以

付子聿。

——《跋〈诗稿〉》

务观清空了绍兴二十四年（1154）前的近乎全部生活和情感。

此中就包括那段旷世姻缘。

是务观有意而为之吗？

绍兴十四年（1144）至十八年（1148）那段风涛黯郁的感情，被格式化了。

红酥手，黄縢酒，满城春色宫墙柳。东风恶，欢情薄，一怀愁绪，几年离索。错，错，错！

春如旧，人空瘦，泪痕红浥鲛绡透。桃花落，闲池阁，山盟虽在，锦书难托。莫，莫，莫！

——《钗头凤》

世情薄，人情恶，雨送黄昏花易落。晓风干，泪痕残，欲笺心事，独语斜阑。难，难，难！

人成各，今非昨，病魂常似秋千索。角声寒，夜阑珊，怕人寻问，咽泪妆欢。瞒，瞒，瞒！

——况周颐《香东漫笔》载唐琬《钗头凤》

务观的《钗头凤》最早见于开禧时人陈鹄《耆旧续闻》，其时距务观即世未久。据所云"书于沈氏园，辛未三月题"（《耆旧续闻》）。辛未，即绍兴二十一年（1151）。

稍后的周密亦录下全词，说"实绍兴乙亥岁也"（《齐东野语》）。不云所来。乙亥，即绍兴二十五年（1155）。

唐琬《钗头凤》一直不见全篇，陈鹄说："其妇见而和之，云'世情薄，人情恶'之句，惜不得其全阕。"（《耆旧续闻》）

民国丁传靖编《宋人轶事汇编》指出，唐氏词首出清人况周颐《香东漫笔》："放翁出妻姓唐名琬，和放翁《钗头凤》词，见《御选历代诗余》及《林下词选》。"（《宋人轶事汇编》）

况周颐精于词论，与王鹏运、朱祖谋、郑文焯合称"清末四大家"，乃大咖级人物。

然"姓唐名琬"属首见，又见于疑窦丛生的"《御选历代诗余》及《林下词选》"。

千百年来，善良的人们认定陆、唐《钗头凤》是真的，并且津津乐道。

心理上认同，情感上认可。

至于文字从何而来，是真是伪，似乎已经不重要了。

务观一生太苦了，人们需要他温暖地活着。

善良的愿望和祝福，却促成了务观一生的情感撕裂。

沈园和词之后，唐琬"未几，怏怏而卒，闻者为之怆然"。绍兴二十四年（1154）冬，务观作《看梅绝句》五首：

> 梅花宜寒更宜阴，摩挲挂杖过溪寻。
> 幽香著人索管领，不信如今铁石心。
>
> ——其一

>一物不向胸次横，醉中谈谑坐中倾。
>梅花有情应记得，可惜如今白发生。
>
>——其二

此年务观仅三十岁。白发为谁而生？"梅花有情应记得"！

宁德、临安、镇江、蜀州、建安、江西、严州……

呼啸而去的人生，在画出一个巨大的圆之后，绍熙三年（1192），六十八岁的务观再次回到家乡山阴，仅得了领祠禄的微薄奖励。

他又来到当年的沈园：

>枫叶初丹槲叶黄，河阳愁鬓怯新霜。
>林亭感旧空回首，泉路凭谁说断肠！
>坏壁醉题尘漠漠，断云幽梦事茫茫。
>年来妄念消除尽，回向禅龛一炷香！
>
>——《禹迹寺南有沈氏小园，四十年前尝题小阕壁间，偶复一到，而园已易主，刻小阕于石，读之怅然》

一叫空回首，凭谁说断肠！岂是草草之"读之怅然"？

沈园是情折梦断之处，也是茫茫人世间两心相牵的纤微熹光。

庆元五年（1199），七十五岁高龄的务观再次来到心心念念的沈园，热泪喷薄而出：

>城上斜阳画角哀，沈园非复旧池台。

伤心桥下春波绿，曾是惊鸿照影来。
　　　　　　　　——《沈园二首（其一）》

　　梦断香消四十年，沈园柳老不吹绵。
　　此身行作稽山土，犹吊遗踪一泫然！
　　　　　　　　——《沈园二首（其二）》

一切的旧物都沾染着岁月的斑驳。
四十年前的惊鸿一瞥，心底已翻腾不知千遍万遍。
永别的时刻悄然而至。
或者，重逢的脚步终于近了。
半个世纪啊！天地悬隔，一朝云清：

　　路近城南已怕行，沈家园里更伤情。
　　香穿客袖梅花在，绿蘸寺桥春水生。
　　　　　——《十二月二日夜梦游沈氏园亭二首（其一）》

　　城南小陌又逢春，只见梅花不见人。
　　玉骨久成泉下土，墨痕犹锁壁间尘。
　　　　　——《十二月二日夜梦游沈氏园亭二首（其二）》

单向奔赴的，是迟了半个世纪的绚丽青春！

（四）绝　唱

五十七岁时，好朋友吕祖谦走了。

六十三岁时，好朋友韩元吉、梁克家走了。

六十九岁时，挚友范成大走了。

七十一岁时，挚友程大昌走了。

七十三岁时，老妻王氏走了。

七十六岁时，挚友朱熹走了。

八十岁时，挚友周必大走了。

八十二岁时，挚友杨万里走了。

八十三岁时，战友辛弃疾走了。

早在四十二岁时，最崇敬的师友曾几走了。

都走了！

> 死去元知万事空，但悲不见九州同。
> 王师北定中原日，家祭无忘告乃翁！
> ——《示儿》

陆放翁的绝唱里，既有国破山河的悲壮，也有绵延不绝的人生欢悲。

二 白居易的钱塘岁月

开元二十三年（735）中了进士，后来成了古文运动先驱的散文家李华，在唐代宗永泰元年（765）七月，代杭州刺史卢幼平写了篇《杭州刺史厅壁记》，盛赞彼时的杭州：

> 杭州东南名郡，后汉分会稽为吴郡、钱塘，属隋平陈，置此州。咽喉吴越，势雄江海。国家阜成兆人，户口日益，增领九县。所临莅者，多当时名公。
> ……
> 由是望甲余州，名士良将，递临此部。况郊海门，池浙江，三山动摇于掌端，灵涛歕激于城下。

李华在至德二载（757）被贬为杭州司功，与当地诗僧灵一等唱和，对杭州所誉应该不虚。

其时的杭州，名山胜水，格外吸引人，"名士良将"纷至沓来。

半个多世纪之后，杭州又迎来了一位"名士"——白居易。

（一）启　程

唐穆宗长庆二年（822）七月，酷暑。

五十一岁的白居易带着满腔的挫折感离开了京城长安，只身匹马，走在襄汉古道上。

此行目的地——杭州，那个三千里外的东南大郡。

就在数日前的七月十四日，白居易还是朝廷的中书舍人。

关于中书舍人的职权，大诗人杜牧的祖父宰相杜佑归纳说："专掌诏诰，侍从，署敕，宣旨，劳问，授纳诉讼，敷奏文表，分判省事。"（《通典》）

更了不得的是："天下文章道盛，台阁髦彦，无不以文章达。故中书舍人为文士之极任，朝廷之盛选，诸官莫比焉。"（《通典》）

是白居易不屑？于"十年之间，三登科第"（《与元九书》），年少聪颖又精明的白居易，自然不大可能。

却是脾气惹的祸。

那时候的白居易，自己说自己"昔意气"［《曲江感秋二首（其一）》］，他写的这类"美刺兴比者"，被其自称为"讽喻诗"（《与元九书》）。

早在元和十年（815），时任太子左赞善大夫（太子侍从）、责任感爆棚的白居易就因为宰相武元衡被刺杀事件，上疏讼其冤而被贬为江州司马，四十四岁写下了千古名篇《琵琶行》。

好朋友刘禹锡自朗州、柳宗元自永州回朝，不出一月，便分别出任连州刺史和柳州刺史。

两人连遭二次贬谪，"紫陌红尘拂面来，无人不道看花回。玄都观里桃千树，尽是刘郎去后栽"（刘禹锡《元和十年自朗州至京戏赠看花诸君子》）。连生性豪俊的刘禹锡也惊愕了。

好朋友柳宗元也自此踏上南下不归路。

说起来，这几个哥们儿还是太年轻，一是脾气倔，二是唐突了波谲云诡的政治。

在离开京城前，白居易特意去了趟首都著名景点曲江池，在那里进行深入反思，就这两件没来由的倒霉事发出了灵魂拷问：

> 元和二年秋，我年三十七。
> 长庆二年秋，我年五十一。
> 中间十四年，六年居谴黜。
> 穷通与荣悴，委运随外物。
> 遂师庐山远，重吊湘江屈。
> 夜听竹枝愁，秋看滟堆没。
> 近辞巴郡印，又秉纶闱笔。
> 晚遇何足言，白发映朱绂。
> 销沉昔意气，改换旧容质。
> 独有曲江秋，风烟如往日。
>
> 疏芜南岸草，萧飒西风树。
> 秋到未几时，蝉声又无数。
> 莎平绿茸合，莲落青房露。

今日临望时，往年感秋处。
池中水依旧，城上山如故。
独我鬓间毛，昔黑今垂素。
荣名与壮齿，相避如朝暮。
时命始欲来，年颜已先去。
当春不欢乐，临老徒惊误。
故作咏怀诗，题于曲江路。

——《曲江感秋二首》

"穷通与荣悴，委运随外物。"年轻时候锐气英发的白居易受到重锤。

再看看眼下，襄汉古道上踽踽独行的自己："太原一男子，自顾庸且鄙。"（《长庆二年七月自中书舍人出守杭州，路次蓝溪作》）有点自己瞧不起自己的味道。

白居易下决心换一副面孔。粗鄙的生活即将迎来开朗和明媚："销沉昔意气，改换旧容质。"

后来，老朋友刘禹锡写信给他："眼前名利同春梦，醉里风情敌少年。"（《春日书怀寄东洛白二十二杨八二庶子》）

心有戚戚，刘郎真诤友也。

（二）初　任

长庆二年（822）十月一日，经"水陆七千余里，昼夜奔驰"（《杭州刺史谢上表》），打算重获新生的白居易抵达杭州。

新官上任三把火：

> 才小官重，恩深责轻，欲答生成，未知死所。唯当夙兴夕惕，焦思苦心，恭守诏条，勤恤人庶，下苏凋瘵，上副忧勤。……葵藿之志徒倾，蝼蚁之诚难达。
>
> ——《杭州刺史谢上表》

《谢上表》，是古代外放官员赴任后，向帝王表达谢恩忠心与决心造福一方的表态呈文，情绪一定要慷慨激昂，态度上一定要鞠躬尽瘁，死而后已。

但后来的治政实绩就不知道了。

白居易当过中书舍人，这样的文字是小菜一碟。

四年后转任苏州刺史，文字和情绪更加坚定激奋，态度执着。

宝历元年（825）七月二十日，甫任苏州刺史的白居易为纪念前任刺史韦应物，将韦诗刻石纪念，并著一文，顺便回顾一下苏、杭印象：

> 贞元初，韦应物为苏州牧，房孺复为杭州牧，皆豪人也。韦嗜诗，房嗜酒，每与宾友一醉一咏，其风流雅韵，多播于吴中，或目韦、房为诗酒仙。时予始年十四五，旅二郡，以幼贱不得与游宴，尤觉其才调高而郡守尊，以当时心言，异日苏、杭苟获一郡足矣。及今自中书舍人间领二州，去年脱杭印，今年佩苏印；既醉于彼，又吟于此。酣歌狂什，亦往往在人口中，则苏、杭之风景，韦、房之诗酒，兼有之矣。岂始愿及此哉！
>
> ——《吴郡诗石记》

意思是，我老白想掌印地界天堂苏、杭二州，这本来就是少年夙愿，今朝总算得偿所愿了。

醉吟狂歌，更有顶流人脉加持，岂不快活！

这不，长庆二年（822）刚离了京城，"自顾庸且鄙"的白居易就在畅想杭州天堂般的美妙生活体验了：

> 余杭乃名郡，郡郭临江氾。
> 已想海门山，潮声来入耳。
> 昔予贞元末，羁旅曾游此。
> 甚觉太守尊，亦谙鱼酒美。
> 因生江海兴，每羡沧浪水。
> 尚拟拂衣行，况今兼禄仕。
> 青山峰峦接，白日烟尘起。
> 东道既不通，改辕遂南指。
> 自秦穷楚越，浩荡五千里。
> 闻有贤主人，而多好山水。
> 是行颇为惬，所历良可纪。
> 策马度蓝溪，胜游从此始。

——《长庆二年七月自中书舍人出守杭州路次蓝溪作》

（三）友 朋

唐宪宗元和四年（809），诗人李翱自东都洛阳奉命南下，载行载游地写了一篇游记《来南录》。经过杭州时，惊讶于山水之美：

戊子，至杭州。己丑，如武林之山，临曲波，观轮辖，登石桥，宿高亭，晨望平湖孤山，江涛穷竹，道上新堂，周眺群峰，听松风召灵山永吟叫猿，山童学反舌声。

短平快的文字风格，犹如急促的呼吸声，尤其适于渲染至美之景。

李翱与白居易同龄，李翱到杭州品味山水时，白居易正做着翰林学士，风光无限，又兼职左拾遗，有劝谏之责，开始写《新乐府》组诗，忙着忧国忧民。

对于杭州美景——

宋之问说："海云张野暗，山火彻江红。"（《钱江晓寄十三弟》）

孟浩然说："时时引领望天末，何处青山是越中。"（《渡浙江问舟中人》）

李白说："览云测变化，弄水穷清幽。"（《与从侄杭州刺史良游天竺寺》）

郑谷说："沙鸟晴飞远，渔人夜唱闲。"（《登杭州城》）

姚合说："古石生灵草，长松栖异禽。"（《题杭州南亭》）

都是极好的诗句。

白居易也不例外，毕竟"东南山水，余杭郡为最"（《冷泉亭记》）。

长庆二年（822）农历十月一日，白居易到杭州任上，从此迎来生命中的百媚春光：

除了给皇帝道谢表决心，白居易真真切切地感受到，此行外放东南，真是来对了：

赖是余杭郡,台榭绕官曹。
凌晨亲政事,向晚恣游遨。
山冷微有雪,波平未生涛。
水心如镜面,千里无纤毫。
直下江最阔,近东楼更高。
烦襟与滞念,一望皆遁逃。
——《初领郡政衙退登东楼作》

还不忘跟朋友分享得郡之美,快活得不要不要的:

霅溪殊冷僻,茂苑太繁雄。
唯此钱塘郡,闲忙恰得中。
——《初到郡斋寄钱湖州李苏州》

朋友"钱湖州"名钱徽,"李苏州"名李谅。

湖州亦东南名郡,当年晋太傅太保谢安以吴兴(湖州另称)山水清远,求典此郡,当了吴兴太守。大书法家颜真卿也在代宗大历七年(772)刺湖州。茶圣陆羽亦在此地撰成《茶经》。文化沉淀杠杠的!

《全唐诗》只存下李谅唯一一首诗《苏州元日郡斋感怀,寄越州元相公、杭州白舍人》,是在白居易送给他"霅溪殊冷僻"诗的第二年,也就是白居易的挚友元稹到绍兴当浙东观察使之后寄给二人的。

李谅诗中写道:"书札每来同笑语,篇章时到借光辉。"朋友之间的情谊不会有假。

元稹途经杭州,白居易自然请老友吃个饭:

我住浙江西,君去浙江东。
勿言一水隔,便与千里同。
富贵无人劝君酒,今宵为我尽杯中。

——《席上答微之》

若世间的友谊都如此,世界就像不远处的钱塘湖一样美丽多情了。

事实是不容置疑的。

早在贞元十九年(803),元白订交。元稹在登明经科后经历整整十年的摔打后,得任秘书省校书郎,时年二十五岁。

白居易以"书判拔萃科"及第,授校书郎,时年三十二岁。

白居易告诉元微之:"忆在贞元岁,初登典校司。身名同日授,心事一言知。肺腑都无隔,形骸两不羁。疏狂属年少,闲散为官卑。分定金兰契,言通药石规。交贤方汲汲,友直每偲偲。"(《代书诗一百韵寄微之》)

元稹记录白乐天:"及太夫人令子艺成,学茂德馨,一举而搴芳兰署……迹由情合,言以心诚,遂定死生之契,期于日月可盟,谊同金石,爱等弟兄。"(《祭翰林白学士太夫人文》)

男女有一见钟情,挚友有金兰之契,大抵如此神奇。

长庆三年(823),主政杭州的白居易听说已有二十年过命交情的微之弟弟,自同州刺史为越州(今绍兴)刺史、浙东观察使,大喜过望:"杭越风光诗酒主,相看更合是何人?"(《元微之除浙东观察使,喜得杭、越邻州,先赠长句》)

十月半，二人杭州相会。席上，诗稿如飞雪，杯觞似流星。(元稹《重赠》题注："乐人商玲珑能歌，歌予数十诗。")

此后，二人杭越往来走笔，数量达到惊人的数百篇（按，白居易诗《余思未尽加为六韵重寄微之》称，"予与微之前后寄和诗数百篇，近代无如此多有也"），说中唐唱和诗就此直上巅峰，不为过。

元九自夸越州："莫嗟虚老海壖西，天下风光数会稽。"（《寄乐天》）

"州城迥绕拂云堆，镜水稽山满眼来。"（《以州宅夸于乐天》）

白傅嘲元九格局不够："知君暗数江南郡，除却余杭尽不如。"（《答微之夸越州州宅》）

还说："可怜风景浙东西，先数余杭次会稽。"（《答微之见寄》）

戏谑中满是挚友温情。

大和五年（831）七月，元稹在鄂州武昌军节度使任上暴卒。

白居易为老友致祭："死生契阔者三十载，歌诗唱和者九百章。……六十衰翁，灰心血泪，引酒再奠，抚棺一呼。"（《祭微之文》）

读之令人动容。

（四）寺院、西湖与酒

白居易喜欢逛寺庙，而杭州名寺众多，最为人熟知的，要算孤山寺了。五十二岁的老白流连忘返，写了一首今天娃娃们也顺口成诵的《钱塘湖春行》：

> 孤山寺北贾亭西，水面初平云脚低。
> 几处早莺争暖树，谁家新燕啄春泥。
> 乱花渐欲迷人眼，浅草才能没马蹄。
> 最爱湖东行不足，绿杨阴里白沙堤。

孤山寺，又名永福寺，南朝陈文帝天嘉元年（560）由天竺僧持辟支佛颔骨舍利，于今孤山三贤祠旧址辟塔开建。《咸淳临安志》载："广化院，在北山，旧在孤山，天嘉元年建，名永福，［宋］大中祥符改今额，有白公竹阁。"

"烟波澹荡摇空碧，楼殿参差倚夕阳。"（《西湖晚归回望孤山寺赠诸客》）白居易为孤山寺所作诗文近十首，内心是十分喜欢的。

熙宁六年（1073），任杭州通判（州府辅官兼监察）的苏轼想起当年的白公，作《孤山二咏，并引（其二·竹阁）》："海山兜率两茫然，古寺无人竹满轩。白鹤不留归后语，苍龙犹是种时孙。"竹阁即白公捐资所建。

这一晃，时光悬隔整整250年了。

灵隐寺，也是一个好去处。

据《本事诗·征异》载，宋之问当年被贬为越州长史，经杭州，游灵隐寺，夜月极明，长廊行吟，吟出一句："鹫岭郁岧峣，龙宫锁寂寥。"下联搜肠刮肚而不得，一老僧续曰："楼观沧海日，门听浙江潮。"之问讶其遒丽，乃续终篇，迟明更访之，不复见，寺僧曰："此骆宾王也。"（王达津《唐诗丛考》

认为不足信）。

宋之问游灵隐在中宗景龙三年（709）。其时，灵隐寺距东晋咸和元年（326）梵僧慧理于虎林山东面建寺（潜说友《咸淳临安志》）忽忽已近四百年，岁月迢迢。

虎林，杭州旧称，唐建政初，避高祖李渊祖父李虎讳，改名武林。

前面白居易说杭州："东南山水，余杭郡为最。"（《冷泉亭记》）

下一句是："就郡言，灵隐寺为尤。"

宋之问偶遇骆宾王于灵隐，真伪无着，但系于其名下的《灵隐寺》诗，境界却颇壮：

> 鹫岭郁岧峣，龙宫锁寂寥。
> 楼观沧海日，门对浙江潮。
> 桂子月中落，天香云外飘。
> 扪萝登塔远，刳木取泉遥。
> 霜薄花更发，冰轻叶未凋。
> 夙龄尚遐异，搜对涤烦嚣。
> 待入天台路，看余度石桥。

宋氏倾附张易之兄弟，人品鄙陋。但这首诗起笔"鹫岭郁岧峣，龙宫锁寂寥。楼观沧海日，门对浙江潮"，境界极为阔远高迈，诗人本色宛在。只是后半"夙龄尚遐异，搜对涤烦嚣"，才跌入被贬的沮丧，格局顿衰。

史家刘昫说他"弱冠知名，尤善五言诗，当时无能出其右者"（《旧唐书·宋之问传》）。文学史上的"沈宋"大号，并非浪得虚名。

说远了。

白居易对灵隐及邻近的天竺寺的喜欢是发自心底的：

在郡六百日，入山十二回。
宿因月桂落，醉为海榴开。
黄纸除书到，青宫诏命催。
僧徒多怅望，宾从亦裴回。
寺暗烟埋竹，林香雨落梅。
别桥怜白石，辞洞恋青苔。
渐出松间路，犹飞马上杯。
谁教冷泉水，送我下山来。

——《留题天竺、灵隐两寺》

"青宫"就是"东宫"，这诗写在长庆三年（823）五月，白居易即将离杭回朝当太子右庶子的前夕。"月桂""海榴""白石""青苔""冷泉"，一去不复返的些许惆怅——终是"最忆是杭州"。

"月桂"是什么桂？后来野史记下了一笔：

杭州灵隐山多桂，寺僧云："此月中种也。"至今中秋望夜，往往子坠，寺僧亦尝拾得。而岩顶崖根后产奇花，气香而色紫，芳丽可爱，而人无知其名者。招贤寺僧取而植之。郡守白公尤爱赏，因名曰紫阳花。

——《南部新书·庚》

虽是最爱的杭州景致，但文字却吝啬。

灵隐有亭曰冷泉，才是白刺史明明白白的最爱：

> 东南山水，余杭郡为最。就郡言，灵隐寺为尤。由寺观，冷泉亭为甲。亭在山下水中央，寺西南隅，高不倍寻，广不累丈，而撮奇得要，地搜胜概，物无遁形。春之日，吾爱其草薰薰，木欣欣，可以导和纳粹，畅人血气；夏之夜，吾爱其泉淳淳，风泠泠，可以蠲烦析酲，起人心情。山树为盖，岩石为屏，云从栋生，水与阶平。坐而玩之者，可濯足于床下，卧而狎之者，可垂钓于枕上。矧又潺湲洁澈，粹冷柔滑。若俗士，若道人，眼耳之尘，心舌之垢，不待盥涤，见辄除去。潜利阴益，可胜言哉！斯所以最余杭而甲灵隐也。

——《冷泉亭记》

白居易喜逛寺，杭州孤山寺、天竺寺、灵隐寺，庐山东林寺，长安西明寺，甚夥。

"本性便山寺，应须旁悟真"（《游蓝田山卜居》）是他的原话，悟不悟得真不好说，后来他在苏州游寺却落下了不好的名声：

> 白乐天为郡时，尝携容、满、蝉、态等十妓，夜游西武丘寺。尝赋纪游诗，其末云："领郡时将久，游山数几何？一年十二度，非少亦非多。"可见当时郡政多暇，而吏议甚宽。使在今日，必以罪去矣。

——龚明之《中吴纪闻》

唐代"吏议甚宽",宋朝人就说得不大好听——龚明之的意思是,生在开明的大唐,真是好福气也哉!

茶圣陆羽于贞元二十年(804)离世,是白居易到杭州十多年前的事。

今天能看到的唐代诗人全部诗作中,《全唐诗》(含《全唐诗补编》)中"茶"字近650处,白居易诗里就有100多处。

白居易是爱茶的,但在杭州,他却更爱酒。

四十五岁在做江州司马的时候,可能无聊得紧,一次,他理了理自己的生平爱好,包括但不限于:"平生爱慕道""时寻山水幽""或吟诗一章,或饮茶一瓯""乐在身自由"(《咏意》),总结来说,是"知足保和,吟玩情性者"(《与元九书》)。

大多是闲人干的事,诗是闲适诗。

却唯独不提酒。

也喝:"举酒欲饮无管弦""醉不成欢惨将别"(《琵琶行》)。恐怕入口更多的是苦涩枯酒。

也饮:"绿蚁新醅酒,红泥小火炉。晚来天欲雪,能饮一杯无?"(《问刘十九》)江州的酒,喝得小心、凄凉。

五年后,杭州的白刺史,酒却喝得多,心情变了。

乍来杭州,主一城之政:

> 鳏煢心所念,简牍手自操。
> 何言符竹贵,未免州县劳。
>
> ——《初领郡政衙退登东楼作》

多少有点《杭州刺史谢上表》中"唯当夙兴夕惕,焦思苦心,恭守诏条,勤恤人庶,下苏凋瘵,上副忧勤"的意思。

慢慢地,酒杯也端起来了,毕竟"终朝对云水,有时听管弦。持此聊过日,非忙亦非闲。山林太寂寞,朝阙空喧烦。唯兹郡阁内,嚣静得中间"(《郡亭》)。

小酒可助兴,可消闲,可解烦。

南方秋冬,寒湿阴冷,寒气侵肺,白刺史也只能小酒怡情而已:

> 老去齿衰嫌橘醋,病来肺渴觉茶香。
> 有时闲酌无人伴,独自腾腾入醉乡。
> ——《东院》

腊月,第一次在杭州过小年,白刺史给湖州老朋友钱徽回了封信:

> 独酌无多兴,闲吟有所思。
> 一杯新岁酒,两句故人诗。
> ——《小岁日对酒吟钱湖州所寄诗》

浅斟独酌,"香浓酒熟能尝否?"(《闲夜咏怀因招周协律刘薛二秀才》)来年!

"劳将箸下忘忧物,寄与江城爱酒翁。"(《钱湖州以箸下酒,李苏州以五酘酒相次寄到,无因同饮,聊咏所怀》)还是惺惺相惜的老伙计懂我!

且狂饮!

二月五日花如雪，五十二人头似霜。
闻有酒时须笑乐，不关身事莫思量。
羲和趁日沉西海，鬼伯驱人葬北邙。
只有且来花下醉，从人笑道老颠狂。

——《二月五日花下作》

鞍马夜纷纷，香街起暗尘。
回鞭招饮妓，分火送归人。
风月应堪惜，杯觞莫厌频。
明朝三月尽，忍不送残春。

——《饮散夜归赠诸客》

泗水亭边一分散，浙江楼上重游陪。
挥鞭二十年前别，命驾三千里外来。
醉袖放狂相向舞，愁眉和笑一时开。
留君衣住非无分，且尽青蛾红烛台。

——《醉中酬殷协律》

郭外迎人月，湖边醒酒风。
谁留使君饮，红烛在舟中。

——《湖上夜饮》

富贵无人劝君酒，今宵为我尽杯中。

——《席上答微之》

宝历元年（825），五十四岁的苏州刺史白居易回忆起杭

州往事，仍悠然而叹："自觉欢情随日减，苏州心不及杭州。"［《岁暮寄微之三首（其一）》］

（五）离　杭

二十个月的领郡时光，倏然而逝。

收到穆宗皇帝的诏书时，是长庆四年（824）的五月："黄纸除书到，青宫诏命催。"（《留题天竺、灵隐两寺》）

以前的诏书用白纸，唐高宗时，因为白纸易遭书虫噬咬，"多有虫蠹"，改用黄纸。

古人辞旧职，任新官，曰"除"。

杭州的五月，正是阳光明媚的时节，全城月季、杜鹃、绣球竞相绽放，人应该是愉悦欢喜的。

可白居易有点沮丧。

也许是上个月受了点风寒，"气嗽因寒发，风痰欲雨生。病身无所用，唯解卜阴晴"（《病中书事》）。

也许是年岁渐长——四十多岁开始，老白对年纪越来越敏感，知天命的白居易对枯守钱塘似渐生倦怠："五十钱塘守，应为送老官。"（《酬周协律》）

钱江潮声如黄钟，势如激天，向为杭州名景。可对白居易来说："不独光阴朝复暮，杭州老去被潮催。"（《潮》）

潮水后浪推前浪，老了被拍到沙滩上，宛如发黄的旧时光。

惆怅满怀："只拟江湖上，吟哦过一生。"（《诗解》）

"秋思冬愁春怅望，大都不称意时多。"（《急乐世辞》）

不高兴！

这当口，调令来了。

在离开待了二十个月的办公室时，白居易慨然命笔，给了自己一个回眸：

> 吟山歌水嘲风月，便是三年官满时。
> 春为醉眠多闭阁，秋因晴望暂褰帷。
> 更无一事移风俗，唯化州民解咏诗。
> ——《留题郡斋》

白刺史谦逊了。

这不，三个月前，他还在思索西湖（钱塘湖）的治理方略：

> 钱塘湖事，刺史要知者四条，具列如左：钱塘湖一名上湖，周回三十里，北有石函，南有笕。凡放水溉田，每减一寸，可溉十五余顷，每一复时，可溉五十余顷。先须别选公勤军吏二人，立于田次，与本所由田户，据顷亩，定日时，量尺寸，节限而放之。……予在郡三年，仍岁逢旱，湖之利害，尽究其由。恐来者要知，故书于石。
> ——《钱塘湖石记》

即将离任，公务繁剧，仍心念钱塘江水患：

> 滔滔大江，南国之纪，安波则为利，泽流则为害，故我上帝，命神司之。今属潮涛失常，奔激西北，水无知也，如有凭焉。浸淫郊廛，坏败庐舍，人坠垫溺，吁天无

辜。居易祗奉玺书，兴利除害，守土守水，职与神同。是用备物致诚，躬自虔祷，庶俾水反归壑，谷迁为陵，土不骞崩，人无荡析。

——《祭浙江文》

即便离去，白刺史仍虑后任公帑不足，以所储济之：

居易在杭，始筑堤捍钱塘潮，钟聚其水，溉田千顷。复浚李泌六井，民赖其汲。在苏作诗，有"使君全未厌钱塘"之句。及罢，俸钱多留守库。继守者公用不足，则假而复填，如是五十余年。及黄巢至郡，文籍多焚烧，其俸遂亡。

——王谠《唐语林》

五十三岁的白刺史，在杭州最后的时光中，徜徉在西湖之畔，留下一系列"留别""重题""留题"诗作后，在"耆老遮归路，壶浆满别筵"（《别州民》）中，飘然而去：

处处回头尽堪恋，就中难别是湖边。

——《西湖留别》

多年以后，白居易再次回忆起杭州的那湾湖水，仍魂牵梦萦：

江南忆，最忆是杭州。山寺月中寻桂子，郡亭枕上看潮头。何日更重游?

——《忆江南三首(其二)》

白傅,杭州别后,可好?

三

三载韦苏州

（一）草木永定寺

贞元六年（790），大诗人韦应物[①]离开苏州府衙的时候，时年五十四岁，官称的苏州刺史加了个"前"字。

苏州府西南阊门北，深秋的永定寺，落叶沙沙，寂静萧瑟。

去年春天，韦应物与外甥卢陟曾携手游于此寺，斯时心情清闲明媚：

> 密竹行已远，子规啼更深。
> 绿池芳草气，闲斋春树阴。
> 晴蝶飘兰径，游蜂绕花心。

---

① 韦应物生卒年，依据《韦应物年谱》（《唐代诗文六家年谱》本），学海出版社，1986年版。

不遇君携手，谁复此幽寻。

——《与卢陟同游永定寺北池僧斋》

有密竹可缘行，有子规可静听，有绿池可亲近，有闲斋可栖息。

有晴蝶可引路，有游蜂可娱心。

繁剧大州中获此佳处，心也瞬间清静下来。

永定寺，据唐人陆广微说是南朝梁天监三年（504）苏州刺史吴郡顾彦先旧居（"顾彦先舍宅置"），陆鸿渐书额，不得了。（陆广微《吴地记》）

昔太湖有三山五湖，三山秉"白波天合，三点黛色"之秀，陆士龙有《赠顾彦先诗》说："我家五湖阴，君住三山阳。"（朱长文《吴郡图经续记》）

西晋末文坛名宿张华褒奖顾彦先不遗余力，他曾经对掀起"二陆入洛，三张减价"风波的年轻人陆机说："君兄弟龙跃云津，顾彦先凤鸣朝阳，谓东南之宝已尽。"（刘义庆《世说新语·赏誉第八誉》）

这个评价是可以掀起一股旋风的。

何况得茶圣陆羽题额，洵为至宝。

顾彦先与应物同官，是个自带锦绣文心之人，恰如韦应物一般。

如今韦应物期满罢郡，致仕荣退，凄凉和窘迫却呼啸而至：

素寡名利心，自非周圆器。

> 徒以岁月资，屡蒙藩条寄。
> 时风重书札，物情敦货遗。
> 机杼十缣单，慵疏百函愧。
> 常负交亲责，且为一官累。
> 况本濩落人，归无置锥地。
> 省己已知非，枉书见深致。
> 虽欲效区区，何由枉其志。
>
> ——《答故人见谕》

自建中三年（782）至兴元元年（784）牧滁州，贞元元年（785）至贞元三年（787）守浔阳，贞元四年（788）至七年（791）刺吴郡，韦应物三为牧守，前后计九年。

九年郡守，因为"素寡名利心"，终而"归无置锥地"。

若非过于勤勉廉洁，韦太守活得怎能如此狼狈？

都说衣锦还乡。

都说荣归故里。

都说落叶归根。

韦太守两袖清风，以至于贫穷得连返回故乡长安养老的旅费都筹不齐。

万般无奈，韦应物将城郊的永定寺作为退休后的归宿：

> 政拙忻罢守，闲居初理生。
> 家贫何由往，梦想在京城。
> 野寺霜露月，农兴羁旅情。
> 聊租二顷田，方课子弟耕。
> 眼暗文字废，身闲道心精。

> 即与人群远，岂谓是非婴。
> ——《寓居永定精舍——苏州》

这已经是第二次因贫穷不能回归而寄身佛寺了。

那一次是德宗兴元元年（784）十二月，四十八岁的韦应物罢滁州刺史，家贫不能归，留居郡之南庐寺。

而这一次，永定寺是韦应物最后的寄身之所了。

永定寺也成了韦应物心底最后的温暖，当年的"闲斋春树阴"，成了今天的"野寺霜露月"。

虽然只有五十四岁，换作今天，韦老还是职场打工人，但这段时间却是韦太守平生最后的岁月。

"羁旅"是怎样的一种煎熬？

秋末冬初并非播种季节，韦太守，你租的什么田？你让子弟耕的什么地？

深切的苦难，偏偏让这位迟暮的老者再次经历。

或是因眼疾无法视书，或是枯燥的羁旅掐断了乡思。

抑或闲居的平淡消磨了道心。

——算是给读者悲伤中的一点希冀。

这个"农兴"如此脆弱的希冀，温暖了谁？

南方的冬天异常湿冷。

外甥辟强（按，韦应物另一首诗《同越琅琊山》自注："赵氏生辟强。"）——应该是韦应物见到的最后一个亲人，他的亲人们都在三千里外的京城——来看望舅父，带来的是喜讯（"新岁庆"）：

子有新岁庆,独此苦寒归。
夜叩竹林寺,山行雪满衣。
深炉正燃火,空斋共掩扉。
还将一尊对,无言百事违。

——《永定寺喜辟强夜至》

苦寒来归,衣沾白雪,夜叩孤寺,空斋掩扉。

——人间寥落,只余悲凉。

还有一点点酒,一樽文人最后的满足,撑起舅甥对酌的排场。

如此不堪、如此寂冷中,"无言百事违",成就了一个中唐诗人如此的博大深沉。

幸而还有深炉里燃着的火苗,那是人间持久的温暖。

安贫乐道,文人风骨,韦苏州本色。

(二)韦苏州前传

应物,本籍唐京兆万年县杜陵。

八世祖韦真嘉,魏扶风郡守。

七世祖韦旭,北周南幽州刺史,卒赠司空。

五世祖韦冲,隋户部尚书。冲女为豫章王暕妃。

高祖韦挺,唐太宗朝御史大夫,终象州刺史。挺女为齐王李祐妃。

> 贞观初……迁尚书右丞,俄授吏部侍郎,转黄门侍郎,进拜御史大夫,封扶阳县男。太宗以挺女为齐王祐

妃，常与房玄龄、王珪、魏徵、戴胄等俱承顾问，议以政事。又与高士廉、令狐德棻等同修《氏族志》，累承赏赉。

——《旧唐书·韦挺传》

曾祖韦待价，武则天朝文昌右相，待价妻为江夏王李道宗女。

祖韦令仪，唐司门郎中、梁州都督。

父韦銮，官至少监，善花鸟山水。

后来四世孙韦庄，字端己，前蜀吏部侍郎同平章事（宰相），五代西蜀词人中坚。

韦应物妥妥的高门大族，仕宦传家，名门显贵，书香门第。

走马上东冈，朝日照野田。
野田双雉起，翻射斗回鞭。
虽无百发中，聊取一笑妍。

——《射雉》

走马，迎日，翻射，回鞭。

这干净利索的射雉场景，任谁也无法将其人和苏州永定寺内"聊租二顷田"的前刺史画上等号。

那一年，韦应物十五岁，因为出身高门，早早就成了玄宗的扈从三卫。

与君十五侍皇闱，晓拂炉烟上赤墀。
花开汉苑经过处，雪下骊山沐浴时。

——《燕李录事》

三卫,《旧唐书·兵志》说:"凡左右卫、亲卫、勋卫、翊卫,及左右率府亲勋翊卫,及诸卫之翊卫,通谓之三卫。"这个位置,任谁都眼热得不行。

能当上三卫,非亲勋权贵不可以,需"根正苗红"。

差不多九百年后,大清少年皇帝康熙身边,也有个才气飞扬的三等侍卫——纳兰容若,彼年二十四岁上下。

他也有同样的射狩豪情:

算功名何许,等闲博得,短衣射虎,沽酒西郊。便向夕阳影里,倚马挥毫。

——《风流子·秋郊射猎》

人家纳兰公子是才气冲天,少年韦应物却好勇斗狠、顽劣乖张:

少事武皇帝,无赖恃恩私。
身作里中横,家藏亡命儿。
朝持樗蒲局,暮窃东邻姬。
司隶不敢捕,立在白玉墀。
骊山风雪夜,长杨羽猎时。
一字都不识,饮酒肆顽痴。

——《逢杨开府》

韦卫是韦卫,做不了"毡帐内雕弓书卷,错杂左右,日则校猎,夜必读书"(《皇清通议大夫一等侍卫左领纳兰君墓志铭》)的翩翩纳兰公子。

人各有命。

果然，玄宗皇帝崩后，韦卫的地位一落千丈：

> 武皇升仙去，憔悴被人欺。
> 读书事已晚，把笔学题诗。
>
> ——《逢杨开府》

从此，折节读书，造就了一代文士韦应物。

从代宗广德元年（763）任洛阳丞、大历九年（774）任京兆功曹，德宗建中二年（781）任尚书比部员外郎，到刺滁州，移江州，贞元四年（788）任左司郎中，终于南下苏州，一路走来，坎壈蹭蹬：

> 少年游太学，负气蔑诸生。
> 蹉跎三十载，今日海隅行。
>
> ——《赠旧识》

贞元四年（788）七月，韦应物出任苏州刺史，秋冬后到任。

（三）姑苏的游赏与宴饮

九年牧守，三十载蹉跎，韦公累了。

七月的苏州，暑溽令人心烦：

> 绿筠尚含粉，圆荷始散芳。

于焉洒烦抱，可以对华觞。

——《夏至避暑北池》

清幽凉爽的永定寺是个好去处，上酒来！

与唐代文士一样，应物亦喜酒。

早年的"饮酒肆顽痴"（《逢杨开府》）总带着刻意使气的味道，毕竟还是少年。

后来游太学时，还"负气蔑诸生"（《赠旧识》），活脱脱一轻狂小子。

直到广德年间，才当上个小小的洛阳丞。二十七岁，该成熟的年纪了，才终于领悟到"生长太平日，不知太平欢。今还洛阳中，感此方苦酸"（《广德中洛阳作》）。

永泰元年（765），韦应物为洛阳同侪李璀作墓铭，说他"和光挫锐，犹动世人之观。器而不任，知者为恨"（《大唐故东平郡巨野县令顿丘李府君［璀］墓志铭并序》），恐也有铜镜自照的意味。韦应物作为李璀的"道术骨肉加同寮迹亲"，"器而不任"当是他今后避免重蹈的自我告诫。

任洛阳丞时被狠狠锤击了四年，与其说是基层锻炼，不如说是被命运吊打："出身天宝今年几，顽钝如锤命如纸。"（《温泉行》）

罢归长安，长安已不复当年，连酒也变了："弊裘羸马冻欲死，赖遇主人杯酒多。"（《温泉行》）

喝得憋屈。

韦应物作诗效陶，酒入诗中，亦不下五十余处，但独饮绝少。

或寄赠：

> 犹残腊月酒，更值早梅春。
> ——《早春对雪寄前殿中元侍御》

> 岂如望友生，对酒起长叹。
> ——《寄卢庚》

> 樽酒且欢乐，文翰亦纵横。
> ——《朝请后还邑寄诸友生》

> 把酒看花想诸弟，杜陵寒食草青青。
> ——《寒食寄京师诸弟》

> 我有一瓢酒，可以慰风尘。
> ——《简卢陟》

> 饮酒任真性，挥笔肆狂言。
> ——《答僴奴重阳二甥》

此或本无酒，借"酒"字聊浇心中块垒罢了。

或与友人相游娱：

> 携酒花林下，前有千载坟。
> 于时不共酌，奈此泉下人。
> ——《与友生野饮效陶体》

置酒发清弹,相与乐佳辰。
——《大梁亭会李四栖梧作》

客舍盈樽酒,江行满箧诗。
——《扬州偶会前洛阳卢耿主簿》

还持郡斋酒,慰子霜露凄。
——《重送丘二十二还临平山居》

置酒临高隅,佳人自城阙。
已玩满川花,还看满川月。
——《沣上与幼遐月夜登西冈玩花》

稍爱清觞满,仰叹高文丽。
——《春宵燕万年吉少府中孚南馆》

二人成聚,小酒怡情,载乐载愁。
唯众人成局,方可酣畅,可悠扬,可旷达,可放逐人生:

放神遗所拘,觥罚屡见酬。
乐燕良未极,安知有沉浮。
醉罢各云散,何当复相求。
——《贾常侍林亭燕集》

公堂日为倦,幽襟自兹旷。
有酒今满盈,愿君尽弘量。
——《扈亭西陂燕赏》

> 野庖荐嘉鱼，激涧泛羽觞。
> 众鸟鸣茂林，绿草延高冈。
>
> ——《西郊燕集》

贞元五年（789）盛夏，一场从海上而来的风雨倏然而过，古老的苏州顿时通城清凉。

斯时，全城的文士高宦涌向市府大厦（郡斋）——今晚太守韦大人宴飨嘉宾：

> 兵卫森画戟，宴寝凝清香。
> 海上风雨至，逍遥池阁凉。
> 烦疴近消散，嘉宾复满堂。
> 自惭居处崇，未睹斯民康。
> 理会是非遣，性达形迹忘。
> 鲜肥属时禁，蔬果幸见尝。
> 俯饮一杯酒，仰聆金玉章。
> 神欢体自轻，意欲凌风翔。
> 吴中盛文史，群彦今汪洋。
> 方知大藩地，岂曰财赋疆。
>
> ——《郡斋雨中与诸文士燕集》

高规格是必需的："兵卫森画戟。"
高品位是自带的："宴寝凝清香。"
环境一定是优雅的："逍遥池阁凉。"
群贤毕至，人气爆棚："嘉宾复满堂。"
或许是苏州城近年少有的云集嘉会，韦太守满面春风，旧日屡屡侵扰的沉疴一扫而光。

百姓康泰否？勿忧！

蔬果代荤腥，无妨！

有酒则共饮，华章可侑餐。

高人饮宴，无须什么时鲜八珍、肥腻牛羊。境界！

韦太守直接放飞了自我，酒量小一点算什么！

我自矫如燕，神清身自闲。

我有凌云意，摩天舞翩跹。

韦太守本就是一个性情中人，快意随风飞扬。

大藩巨镇才有的格局，文华渊薮才有的排面，让繁庶的苏州城也惊艳了。

吴中名宿顾况，时左迁饶州（今江西上饶鄱阳县）司户，欣然赴宴，并和韦太守诗一首：

> 好鸟依佳树，飞雨洒高城。
> 况与二三子，列坐分两楹。
> 文雅一何盛，林塘含余清。
> 府君未归朝，游子不待晴。
> 白云帝城远，沧江枫叶鸣。
> 却略欲一言，零泪和酒倾。
> 寸心久摧折，别离重骨惊。
> 安得凌风翰，肃肃宾天京。
>
> ——《酬本部韦左司》

顾况此年六十三岁，被贬饶州前官秘书省著作郎，从五品上，官不大，但声名极盛。

名声大的人，要么能力强，要么交游广，但顾况二者兼之。

顾况背后的"大树"是李泌，李泌当过杭州刺史，其时刚在同平章事任上即世。

与顾况同游的，除李泌外，还有柳浑、包佶等，还有文坛泰斗萧颖士弟子刘太真。

顾况将韦应物这首《郡斋雨中与诸文士燕集》带给新贬信州（今江西上饶）的刺史刘太真。

太真激赏不已："是何情致，畅茂遒逸如此！"还说：

宋齐间，沈［约］、谢［朓］、何［逊］、刘［孝绰］，始精于理意，缘情体物，备诗人之旨。后之传者，甚失其源，惟足下制其横流。师挚之始、《关雎》之乱，于足下之文见之矣。

——《与韦应物书》

然后和诗一首，题目如诗序般颇长：《顾十二况左迁过韦苏州、房杭州、韦睦州，三使君皆有郡中燕集诗，辞章高丽，鄙夫之所仰慕。顾生既至，流连笑语，因亦成篇，以继三君子之风焉》。

杭州、苏州、睦州长官同宴集诗，哪怕在大唐，也无愧乎文坛佳话。

刘禹锡夸白居易"苏州刺史例能诗，西掖今来替左司"（《白舍人曹长寄新诗，有游宴之盛，因以戏酬》）。

苏州刺史能诗之例，由韦应物始开。

斯时正游历苏、杭二郡的少年白居易，正"以幼贱不得与游宴"(《吴郡诗石记》),一脸艳羡加恼怒。

后来白居易告诉老友刘禹锡:"分无佳丽敌西施,敢有文章替左司。"(《重答刘和州》)

韦苏州于白傅,既是仰慕的对象,又是超越的目标。

后来,白居易既镇了杭,又守了苏。

(四)勤 政

韦应物来苏州的时候,距离安史之乱平定,已经是第二十六个年头了。

天宝元年(742),苏州户数不过七万,到白居易镇苏时已达十万户["十万夫家供课税"(《登阊门闲望》,古代人口统计多以纳税户来计算),"此后来增衍也"(范成大《吴郡志》)]。

白居易刺苏时,第一印象是"况当今国用,多出江南。江南诸州,苏最为大。兵数不少,税额至多"(《苏州刺史谢上表》)。

刘禹锡也附和,说苏州"当州口赋,首出诸郡"(《苏州举韦中丞自代状》,此韦中丞亦名韦应物,大概是另外一个人)。

古人常以辖地户口增减来衡量经济发展趋势。毕竟,天灾和人祸最耗的是人丁。

不减反增的人口,是苏州经济扶摇直上的明证。

喜欢说大话的文士白居易,此言却应当不虚。

范石湖还查了下资料,《大唐国要图》说大唐每年向两浙收税六百五十五万贯,单苏州一地就缴纳一百零五万贯,占全域一成六有余了。

"观此一色,足以推见唐时赋入之盛矣。"(范成大《吴郡志》)三四百年后的苏州乡党范石湖说起这事,一边感叹,一边不无自豪。

精致的苏州城,除了地灵,也有人杰:"吴郡地重,旧矣,守郡者非名人不敢当。"(范成大《吴郡志》)

早年的吴郡太守,唐代的苏州刺史,加上以吴为名的王侯宗室,一抓一大把:

梁王僧智、晋安王伯恭、永阳王伯智、衡阳王伯信、吴王恪、吴王钱镠……

卢简求、李栖筠、韩滉、韦夏卿、范传正、白居易、杨汉公、刘禹锡、裴夷直、钱元璙……

还有诗人太守韦应物。

身为苏州官长,非但是责任,也是荣誉。

三载苏州牧,韦应物是个勤政的人,心里头有人民。

刚来苏州不久的一个清晨,韦应物登临郊外重玄寺,在"始见吴郡大,十里郁苍苍"的惊讶之后,他想到的是"于兹省氓俗,一用劝农桑"(《登重玄寺阁》)。

那场震动江南的燕集,他仍没有忘记:

> 自惭居处崇,未睹斯民康。
> ——《郡斋雨中与诸文士燕集》

宋代学者赵与时梳理韦应物"身阅盛衰之变"的崎岖生平,颇为感慨:"在郡延礼其秀民,抚其惸嫠甚恩。"(《宾退录》)

韦应物酒喝得少了，有时在送朋友的时候喝一点：

> 还持郡斋酒，慰子霜露凄。
> ——《重送丘二十二还临平山居》

应该是公务间隙与好友的迎来送往。
公务是有些繁忙的：

> 大藩本多事，日与文章疏。
> ——《赠丘员外二首（其二）》

> 还辞郡邑喧，归泛松江渌。
> ——《送丘员外还山》

> 为郡访凋瘵，守程难损益。
> ——《郡楼春燕》

当年刺滁州，应物"首夏辞旧国，穷秋卧滁城"（《郡斋感秋寄诸弟》），"慕陶（渊明）""效陶"情愫浓郁：

> 今朝郡斋冷，忽念山中客。
> 涧底束荆薪，归来煮白石。
> 欲持一瓢酒，远慰风雨夕。
> 落叶遍空山，何处寻行迹。
> ——《寄全椒山中道士》

这也成就了韦应物"中唐山水诗人"的文学史标签，世人将其与陶潜并称"陶韦"。

明代才子李东阳击节称赏："世称'陶韦'，又称'韦柳'，特概言之。惟谓学陶者，须自韦柳而入，乃为正耳。"（《怀麓堂诗话》）

陶潜所钟爱的菊花在苏州城开放的时候，韦太守忙得都没缓过神来：

一为吴郡守，不觉菊花开。

——《九日》

刘太真说他郡斋宴宾"是何情致，畅茂遒逸如此"，盖应物心中有一团火，是"决狱兴邦颂，高文禀天机"（《赠李判官》）而造福一方的雄心和自期。

这不，名相房琯之子房孺复被贬为杭州刺史，心灰意冷，应物开导他：

专城未四十，暂谪岂蹉跎。

——《送房杭州》

你正值壮年，好好干，前途光明！

无论如何也找不到"效陶"的影子了。

北宋苏州人朱长文评价："韦公以清德为唐人所重，天下号曰'韦苏州'，当贞元时为郡于此，人赖以安。"（《吴郡图经续记·牧守》）

南宋苏州人范成大说他："公贞元初由左司郎得郡于此，

清德临民，民乐其政。"(《吴郡志·思贤堂》)

青史盛名，刺史韦应物当得起！

（五）伤　逝

贞元六年（790）秋末冬初，韦应物罢苏州刺史。

两袖清风、付不起返乡旅费的韦太守，移居西南郊永定寺。

除了永定寺那两顷瘠田，除了挥不去的乡愁，除了给子弟的一点点念想，韦应物再没有写点什么。

直到本年稍后或次年，五十四或五十五岁的韦应物悄无声息地逝去。

噩耗传来，挚友祠部员外郎丘丹作《韦应物墓志》痛悼：

　　历官一十三政，三领大藩，俭德如□，岂不谓贵而能贫者矣！

四
凤凰台上太白游

唐代宗宝应元年（762）秋，风清气朗，天高水长。

金陵城南的征房亭，一场饯别的宴会开得热闹。

热闹源自国家的政治安宁——就在不久前的八月，台州反贼袁晁乱浙东，太尉李光弼遣兵击于衢州。

宴会中，一位老人情绪复杂。

几个月前，老人听说太尉军来了浙江，就不顾一切地去投军。

可惜"半道谢病还，无因东南征。亚夫未见顾，剧孟阻先行"（《闻李太尉大举秦兵百万出征，东南懦夫请缨，冀申一割之用，半道病还，留别金陵崔侍御十九韵》）。

这个年纪，估计只能是最后一次为国出征了，哪晓得搞成这个样子！

沮丧化进酒里，汇成了梦想再无机缘实现的无边失落。

老人就是当年震动朝野的李太白。

六十二岁的李白,真老了。

宴后,太白只身离了这繁华的金陵城。

这个记不清多少次流连盘桓、泼墨挥笔"天涯寄一欢"(《三山望金陵寄殷淑》)的心中之城。

不承想,金陵的下一站,竟是终点。

(一)起 点

三十七年前的开元十三年(725),同样是秋天。

长江中下游的秋,是一年中气候极佳的季节,天高云淡,气爽神清。

清晨,太白初莅金陵,登临瓦官阁。

瓦官阁,又名瓦棺阁。人说曾经有僧诵经于此,既死,葬以虞氏之棺,墓生莲花。

是太白喜欢的故事。

瓦官阁,高二十五丈,可俯临金陵的一城璀璨。

金陵城醒了。

这个受数百年梵音护持的古老城市,刹那间光芒万丈:

> 晨登瓦官阁,极眺金陵城。
> 钟山对北户,淮水入南荣。
> 漫漫雨花落,嘈嘈天乐鸣。
> 两廊振法鼓,四角吟风筝。
> 杳出霄汉上,仰攀日月行。
> 山空霸气灭,地古寒阴生。
> 寥廓云海晚,苍茫宫观平。

门余阊阖字，楼识凤凰名。
雷作百山动，神扶万栱倾。
灵光何足贵，长此镇吴京。

——《登瓦官阁》

空中散花如雨，耳中天乐低回。
法鼓槌落处，鼓音缘天梯而直上云霄，与日月同行。
巍峨的钟山呼应着民居市井。
淮水（秦淮河）的粼粼波光在阁榭亭台的南檐穿梭。
……
二十五岁的太白第一次震愕了——是真的第一次。
怀想上一年春天，太白下了匡山，离了成都，仗剑东游。
踏过峨眉山半轮明月，"峨眉山月半轮秋"（《峨眉山月歌》）。
追过平羌江的江水与倒影，"影入平羌江水流"（《峨眉山月歌》）。
蹚过清溪茫茫夜色，"夜发清溪向三峡"（《峨眉山月歌》）。
梦过巫山阵阵猿鸣，"昨夜巫山下，猿声梦里长"（《宿巫山下》）。
虽有巫山神女，楚薮云梦，但毕竟缥缈神缘，无迹可寻。
一路固然奇景叠嶂，满目秀色，却不似此时身边的金陵：
既极目无际，又叠楼瓦连；既繁华似锦，又雅俗共赏；既古风荡漾，又梵刹森然。
蒋侯之钟山、始皇凿淮水、宋帝修阊阖、元嘉建凤凰……
太白第一次触摸江东古风，为之倾倒。
谢安石、鲍明远、谢玄晖……

太白也第一次与古名士神游，流连忘返。

最开始映入眼帘、沁入心脾的，竟是风情万种的吴地歌舞：

> 扬清歌，发皓齿，北方佳人东邻子。
> 且吟《白纻》停《绿水》，长袖拂面为君起。
> 寒云夜卷霜海空，胡风吹天飘塞鸿，
> 玉颜满堂乐未终。
> ——《白纻辞三首（其一）》

自五岁举家从绝域迁至剑南道绵州昌明县青莲乡，来自"尔来四万八千岁，不与秦塞通人烟"（《蜀道难》）的南蛮川岭的太白，所见皆"樵夫与耕者，出入画屏中"（《题窦圌山》）。

眼前，可不是江左民谣中通透的大欢喜吗？

太白吟起鲍明远《代白纻曲二首（其一）》：

> 朱唇动。素腕举。洛阳少童邯郸女。
> 古称《渌水》今《白纻》，催弦急管为君舞。
> 穷秋九月荷叶黄，北风驱雁天雨霜。
> 夜长酒多乐未央。
> （按，"渌水"，钱仲联《鲍参军集注》称：宋本及
> 　　　《玉台》作"绿水"。）

两三百年前那个寒门俊士，锦心绣口，落笔生风。

杜少陵说"俊逸鲍参军"（《春日忆李白》）。

俊逸，不也正是少年李白掩不住的风采吗？

太白爱极了这你侬我侬的乡音：

> 君歌《杨叛儿》，妾劝新丰酒。
> 何许最关人？乌啼白门柳。
> 乌啼隐杨花，君醉留妾家。
> 博山炉中沉香火，双烟一气凌紫霞。
>
> ——《杨叛儿》

大凡世间之事，美好的、快乐的都是简单的。
深情也是。
《乐府诗集》收《杨叛儿》八曲，每曲二十字，其二：

> 暂出白门前，杨柳可藏乌。
> 欢作沉水香，侬作博山炉。

明代才子杨升庵说："古《杨叛曲》仅二十字，太白衍之为四十四字，而乐府之妙思益显，隐语益彰，其笔力似乌获扛龙文之鼎，其精光似光弼领子仪之军矣。"（《升庵诗话》）
杨升庵是懂太白的。

初见金陵，太白"放飞"模式全开。
美景、美酒、美人，还有全力爱着这世界的少年心性：

> 蒲萄酒，金叵罗，吴姬十五细马驮。
> 青黛画眉红锦靴，道字不正娇唱歌。
> 玳瑁筵中怀里醉，芙蓉帐里奈君何。
>
> ——《对酒》

不暗喻，无隐意，青春挥洒得不成模样。

太白好对饮，酒中日月，心中短长，唯金陵对酒，才是酣畅。

> 骏马骄行踏落花，垂鞭直拂五云车。
> 美人一笑褰珠箔，遥指红楼是妾家。
> ——《陌上赠美人》

毫不经意的邂逅，是上天的眷顾，妙不可言。
突然的美，常常会惊艳一辈子。
这是太白心心念念忆金陵的理由吗？
终究要离去，太白是云中鸟，鸟的世界是天空。

> 风吹柳花满店香，吴姬压酒唤客尝。
> 金陵子弟来相送，欲行不行各尽觞。
> 请君试问东流水，别意与之谁短长。
> ——《金陵酒肆留别》

回望太白人生的腾升，真正的起点是金陵。
此去经年，山高水长，太白一路珍重！

（二）忧 伤

太白终究未能珍重。

天宝六载（747）春，当李白再一次踏上金陵的土地，已经是二十多年之后了。

金陵的春天依然姹紫嫣红，美不胜收。

二百五十多年前的那个春天，清发的小谢站在金陵郊外的三山上，俯瞰金陵：

> 余霞散成绮，澄江静如练。
> 喧鸟覆春洲，杂英满芳甸。
> ——《晚登三山还望京邑》

美则美矣，小谢眼中却是一片单纯和嬉闹中的静谧。

心境如此。

此时的太白，心却无论如何也平静不下来。

这二十多年中，人生的大起大落纷至沓来：

开元十五年（727），二十七岁，与安陆许氏成婚；

开元十九年（731），三十一岁，终南山刺取前程，无功而返；

开元二十五年（737），三十七岁，兜兜转转六年，失败，回转安陆，再失败，再回安陆栖居；

天宝二年（743），四十三岁，老天开了一只眼，太白待诏翰林；

天宝三载（744），四十四岁，赐金放还。

好在这年秋天，在梁、宋故地，还有一段与杜甫、高适追鹰逐兔的开心日子。

然后就辗转回到昔日的金陵。

此时，整个帝国还沉浸在"开元全盛日"的喧闹浮华之中，金陵概莫能外。

但太白已经不是二十多年前那个意气干云的小李了：

凤凰台上凤凰游，凤去台空江自流。
吴宫花草埋幽径，晋代衣冠成古丘。
三山半落青天外，二水中分白鹭洲。
总为浮云能蔽日，长安不见使人愁。
——《登金陵凤凰台》

张铉《至大金陵新志》载："宋元嘉十六年，秣陵王顗见三异鸟飞集于此，状如孔雀，文彩五色，音声谐和，众鸟附翼群集，时谓之凤。乃置凤凰里，起台于山，因以为名。"

长安不见了！

被玄宗李隆基赐金放还的两个月前，太白在长安郊外送走了对他有知遇之恩的八十六岁退休老秘监贺知章：

借问欲栖珠树鹤，何年却向帝城飞？
——《送贺监归四明应制》

别说老了的贺秘监，现在李白自己也再飞不回长安了。

长安，翰林待诏的如梦岁月，是太白人生的巅峰，是最接近实现当年"使寰区大定，海县清一"（《代寿山答孟少府移文书》）壮丽梦想的人生高光。

长安，也是太白折戟沉沙、壮志未酬的伤心地。

天宝三载（744），四十四岁的好年纪，正是扶摇直上、整理江山、干一番大事业的黄金期。

可是，纵有"谢公终一起，相与济苍生"[《送裴十八图南归嵩山二首（其二）》]的豪情和深情，理想终究打不赢现实。

待诏毕竟只是待诏,"临时工"和"在编"间的鸿沟横亘在那里。

深似海的官场,不,是皇家角斗场,一肚子浪漫和天真的太白唐突了。

终于,明枪与冷箭向任性又朴实的太白俯冲过来。

>吾观自古贤达人,功成不退皆殒身。
>——《行路难三首(其三)》

天才,常常被当作单纯的代名词,太白心灰意冷。

>晋家南渡日,此地旧长安。
>地即帝王宅,山为龙虎盘。
>金陵空壮观,天堑净波澜。
>醉客回桡去,吴歌且自欢。
>——《金陵三首(其一)》

>水国秋风夜,殊非远别时。
>长安如梦里,何日是归期?
>——《送陆判官往琵琶峡》

长安,又是长安,总是长安!

长安如一把匕首,插在太白心口上,疼,但又不能遽然拔去。

温暖又明亮的金陵,成了太白庇护自身的并不太坚硬的外壳。

金陵，曾经的六朝故都，风烟一般迷人的存在。

金陵其实是南楚旧称，官家正经称谓变动频繁：秣陵、建业、建康、江宁、归化、上元、白下，等等。

每一个名字背后都是一段厚重的岁月，寄托着不一样的城市情感。

唐时金陵正名多称江宁，开元天宝时人还是喜欢称金陵，有秀美的灵气，加上威武的霸气。

> 夕阳满舟楫，但爱微波清。
> 举酒林月上，解衣沙鸟鸣。
> 夜来莲花界，梦里金陵城。
> ——李颀《送王昌龄》

比太白小六岁的山水诗人储光羲说："建业为都旧矣。晋主来此，而礼物尽备。虽云在德，亦云在险，京口其地也。"（《临江亭五咏·序》）

咏起金陵，忽然就回肠荡气得不行：

> 江势将天合，城门向水开。
> 落霞明楚岸，夕露湿吴台。
> ——储光羲《临江亭五咏（其五）》

在金陵做过江宁丞这个小小芝麻官的王昌龄，那一年送别边塞诗人岑参，写了一首很长的诗：

> 江城建业楼，山尽沧海头。

> 副职守兹县,东南棹孤舟。
> ……
> 谁言青门悲,俯期吴山幽。
> 日西石门峤,月吐金陵洲。
> ——《留别岑参兄弟》

昌龄在此地得一雅号——"王江宁",应是有唐一代唯一以金陵城得名号的诗人。

太白一生行走天涯,每一次顺江而东,抑或沿官道南行,都要经过金陵。

是脚步的交集,也是人生的十字光标:

> 昨日北湖梅,开花已满枝。
> 今朝白门柳,夹道垂青丝。
> 岁物忽如此,我来定几时?
> ——《新林浦阻风寄友人》

金陵的岁月风光,给了太白疑惑中的决绝、漫行中的停靠。

还有,悲怆中的欢乐、绝望中的寄托。

从长安官道折洛阳南下,这次,四十七岁的太白在金陵住了好些日子。

愉快的心情却不多。

丢了工作吗?太白唱了句喏:"我固侯门士,谬登圣主筵。"(《送杨燕之东鲁》)

对心高志远的太白来说,一般的挫折轻易放不倒他。

让太白精气神空疏的,是个叫"块垒"的东西。

> 天下伤心处,劳劳送客亭。
> 春风知别苦,不遣柳条青。
> ——《劳劳亭》

劳劳亭,《景定建康志》说:"在城南十五里,古送别之所。"

太白迎来送往,皆有名目,什么人什么身份,从不含糊。

早年第一次逛杭州天竺寺,刺史李良大人作陪,说太白作一首诗如何?

太白大笔一挥:《与从侄杭州刺史良游天竺寺》。

李刺史白眼一翻:谁是你从侄?

劳劳只是个亭子而已。太白坐在亭子里,伤心的却是"天下"!

正应了那一句千年前飘来的诗句:"无思远人,劳心忉忉。"(《诗经·齐风·甫田》)

太白无思远人,为何忉忉?

> 金陵劳劳送客堂,蔓草离离生道旁。
> 古情不尽东流水,此地悲风愁白杨。
> 我乘素舸同康乐,朗咏清川飞夜霜。
> 昔闻牛渚吟五章,今来何谢袁家郎。
> 苦竹寒声动秋月,独宿空帘归梦长。
> ——《劳劳亭歌》

南朝宋人檀道鸾《续晋阳秋》讲了一个金陵典故："[袁]虎少有逸才，文章绝丽。曾为《咏史诗》，是其风情所寄。少孤而贫，以运租为业。镇西谢尚时镇牛渚，乘秋佳风月，率尔与左右微服泛江。会虎在运租船中讽咏，声既清会，辞又藻拔，非尚所曾闻，遂往听之，乃遣问讯。答曰：'是袁临汝郎诵诗。'即其《咏史》之作也。尚佳其率有胜致，即遣要迎，谈话申旦。自此名誉日茂。"

这是个典型的知音相悦兼千里马被成功发现的感人故事。我李太白就是才气磅礴的袁宏，你玄宗皇帝能做得了野无遗贤的镇西谢尚将军吗？

答案是否定的，所以太白悲伤了。

太白的心情糟糕起来，金陵真是个伤心漫野的地方，对于不久前的失落之人而言尤为如此。

> 白杨十字巷，北夹湖沟道。
> 不见吴时人，空生唐年草。
> 天地有反覆，宫城尽倾倒。
> 六帝余古丘，樵苏泣遗老。
> ——《金陵白杨十字巷》

满眼的荒草丛生，到处是故都孑遗。

刘勰真是个了不起的观察家："物色之动，心亦摇焉。"说具体点："岁有其物，物有其容；情以物迁，辞以情发。"（《文心雕龙·物色》）

好一个"情以物迁"！

换个地方吧，心情或许会好一点：

钟山抱金陵，霸气昔腾发。
天开帝王居，海色照宫阙。
群峰如逐鹿，奔走相驰突。
江水九道来，云端遥明没。
时迁大运去，龙虎势休歇。
我来属天清，登览穷楚越。
吾宗挺禅伯，特秀鸾凤骨。
众星罗青天，明者独有月。
冥居顺生理，草木不剪伐。
烟窗引蔷薇，石壁老野蕨。
吴风谢安屐，白足傲履袜。
几宿一下山，萧然忘干谒。
谈经演金偈，降鹤舞海雪。
时闻天香来，了与世事绝。
佳游不可得，春风惜远别。
赋诗留岩屏，千载庶不灭。

——《登梅冈望金陵·赠族侄高座寺僧中孚》

梅冈又叫梅岭冈，周应合《景定建康志》说："在城南九里，长六里，高二丈。旧经云：'东豫章太守梅颐家于冈下，因名之。'上有亭，为士庶游春之所。"

古人喜登临远望，北方以天高气爽的秋日为佳，故常在重阳登高。

江南名胜，山水楼阁，以湖海江泽环绕映衬，在春日则更为胜景。

太白眼里，"万里明如带"的金陵固然壮丽，"登览穷楚越"方是寻觅佳境。

有王者霸气的"钟山抱金陵""天开帝王居",自然是了不得的好风水。

又有如逐鹿驰突的群峰、如天上来的九道江水加持,这金陵的气脉绝对了不得。

可是,本来"逆天"的气运突转直下,龙虎之势一下子竟泄了气!

关键时刻,拯救世界的"吾宗"(族侄)中孚大和尚挺身而出:"众星罗青天,明者独有月。"

要不怎么叫天才?太白神奇的脑回路,让人们就这么轻易地从绝望到惊喜走了一遭。

多年后,韩退之也惊叹:"李杜文章在,光焰万丈长。"(《调张籍》)

临了,太白还不忘自负一把:"赋诗留岩屏,千载庶不灭。"

当暂且忘却那些牵扰时,太白就回归到本真的太白。

还是那句话:太白是不会被轻易打倒的!

唐人游金陵,抒怀古之幽情,大多不看好金陵曾经气贯长虹的"王气"。

说败落,说衰尽,说感伤,念天地之悠悠。

金陵"王气"的衰落,理由基本来自不争气的六朝。

至于是否真的衰尽不振、泰去否来,这气数,恐怕普通人是看不大出来的。

多数情况下,唱衰往往都是因为斯人正失意,借金陵表私怨。

比如刘禹锡《西塞山怀古》：

> 王濬楼船下益州，金陵王气黯然收。
> 千寻铁锁沉江底，一片降幡出石头。
> 人世几回伤往事？山形依旧枕寒流。
> 今逢四海为家日，故垒萧萧芦荻秋。

其时，禹锡大人五十三岁，在长庆四年（824）的那个夏天，正罢夔州刺史，赴任和州刺史，途中小游左近的金陵，不高兴，发发牢骚。

自孙吴到东晋、南朝，金陵历代之主常常被吊起来大骂一通，历来如此。

所谓王气，所谓龙盘，所谓虎踞，都是你们说的。

所谓亡国之象，所谓萧瑟衰败，也是你们给的。

金陵何罪之有？

悲催的金陵！

太白自然也少不了讽咏一番，正失落着呢，偏偏就住在金陵城：

> 石头巉岩如虎踞，凌波欲过沧江去。
> 钟山龙盘走势来，秀色横分历阳树。
> 四十余帝三百秋，功名事迹随东流。
> 白马小儿谁家子，泰清之岁来关囚。
> 金陵昔时何壮哉！席卷英豪天下来。
> 冠盖散为烟雾尽，金舆玉座成寒灰。
> 扣剑悲吟空咄嗟，梁陈白骨乱如麻。

天子龙沉景阳井，谁歌《玉树后庭花》？
此地伤心不能道，目下离离长春草。
送尔长江万里心，他年来访南山皓。
　　　　　　　　——《金陵歌送别范宣》

东吴、东晋，下迄宋齐梁陈，六代（六朝）三十九帝，三百多年，纷如云烟。

歌唱《玉树后庭花》的陈后主于景阳井"龙沉"。

而太清（泰清）三岁"青丝白马"（姚思廉《梁书·侯景传》载"普通［梁武帝年号］中，童谣曰：'青丝白马寿阳来。'后景果乘白马，兵皆青衣"）的叛臣，就是那位屡次矫诏废梁帝，以至自立为帝，"还将登太极殿，丑徒数万同共吹唇唱吼而上"（李延寿《南史》）的侯景，一跃便成了席卷天下的英豪。

功过是非评判，太白似并不在意。

唯眼下"钟山龙蟠，石头虎踞，帝王之宅"（张勃《吴录》）的金陵城，四处弥漫着青而又黄、黄而又青的"离离长春草"，更令人唏嘘忧伤。

金陵悲伤的故事太多了，总是令人想起沮丧的当下。

沧海人间世，桑田帝王宅。斗转星移，株株青草才是亘古不变的存在。

从人间隐匿的商山四皓，就是一株株永恒的青草，我要追访四皓去也。

范宣心想，这些与我何干？

赠别诗没有一个字提及别离的惦念或伤感，除了太白也没谁了。

假金陵故事而叹,太白悲的是天下,忧的是人生而已。

宝应元年(762),太白六十二岁,最后一次在金陵登临劳劳山:

> 金陵风景好,豪士集新亭。
> 举目山河异,偏伤周顗情。
> 四坐楚囚悲,不忧社稷倾。
> 王公何慷慨,千载仰雄名。
> ——《金陵新亭》

四百多年前,晋室南渡,同样来到劳劳山上的新亭。

"过江诸人,每至美日,辄相邀新亭,藉卉饮宴。"(刘义庆《世说新语·言语》)

宁远将军周顗对着正在欢宴的众人叹口气:"[建康]风景不殊,正自有山河之异!"(刘义庆《世说新语·言语》)

肚里能撑船的丞相王导很不爽:"当共勠力王室,克复神州,何至作楚囚相对!"(刘义庆《世说新语·言语》)

情境与当年如出一辙,丞相所言,正太白热望也。

出奇一致的是,这一天,"金陵风景好"。

(三)欢 愉

忧伤得多了,人是会"生锈"的。

太白也不是没有快乐。即便没有,也是可以制造的。

金陵这几载，快乐就像稀薄的空气，太白需要一场哪怕被嘲笑为轻佻的狂歌啸吟。

天宝七载（748），旧时长安同朝好友侍御崔成甫来金陵，太白高兴得手舞足蹈：

> 严陵不从万乘游，归卧空山钓碧流。
> 自是客星辞帝座，元非太白醉扬州。
> ——《酬崔侍御》

崔侍御趁机调戏了一把将自己"放逐"成幽人严子陵的太白：

> 我是潇湘放逐臣，君辞明主汉江滨。
> 天外常求太白老，金陵捉得酒仙人。
> ——《赠李十二白》

老友见老友，气氛不用搞，就亲密无间地热闹起来了：

> 昨玩西城月，青天垂玉钩。
> 朝沽金陵酒，歌吹孙楚楼。
> 忽忆绣衣人，乘船往石头。
> 草裹乌纱巾，倒披紫绮裘。
> 两岸拍手笑，疑是王子猷。
> 酒客十数公，崩腾醉中流。
> 谑浪棹海客，喧呼傲阳侯。
> 半道逢吴姬，卷帘出揶揄。

> 我忆君到此，不知狂与羞。
> 月下一见君，三杯便回桡。
> 舍舟共连袂，行上南渡桥。
> 兴发歌《绿水》，秦客为之摇。
> 鸡鸣复相招，清宴逸云霄。
> 赠我数百字，字字凌风飙。
> 系之衣裘上，相忆每长谣。
>
> ——《玩月金陵城西孙楚酒楼，达曙歌吹，日晚乘醉，着紫绮裘、乌纱巾，与酒客数人棹歌秦淮，往石头访崔四侍御》

两夜一天，当昨夜月上青天成了玉钩时，斯人独憔悴：

> 待月月未出，望江江自流。
> 倏忽城西郭，青天悬玉钩。
> 素华虽可揽，清景不同游。
> 耿耿金波里，空瞻鳷鹊楼。
>
> ——《挂席江上待月有怀》

多年来习惯了左拥右簇、金樽十千的太白，在金陵是孤独的。

与二十年前"金陵子弟来相送，欲行不行各尽觞"（《金陵酒肆留别》）那股逼人的少年英气不同。

二十年来的颠沛和伤恸，使素来锦心绣口的太白，孤寂得像江边的一棵树。

等待月出的那一小段时光，太白枯坐成了一座雕像。

想起了陆机之诗:"安寝北堂上,明月入我牖。照之有余辉,揽之不盈手。"(《拟明月何皎皎》)

也想起了谢朓"金波丽鳷鹊"(《暂使下都夜发新林至京邑赠西府同僚》)这般俊朗的句子。

与古人神交毕竟"空瞻",邈如这秋夜的烟波。

便又想起了住石头城的老友崔侍御。

毕竟是长安故交,太白就以江南金陵的姿势呼朋唤友。

有趣的灵魂万里挑一,太白仿佛又成了那落拓的少年。

不羁与狂欢不期而至。

不是说男人至死是少年吗?

四十八岁的老少年李太白,一大早就在金陵的酒肆里游荡,把身体交给一个叫孙楚的酒楼。

孙楚,西晋名士,以辞藻著称。《晋书》说他:"负才诞傲,蔑苞岔奕。"

酒杯里是鲜活的人生,酒杯外是浪迹天涯。

酣酒对红颜,是太白风度的"标配"。

人生得意须尽欢,那么,失意呢?

"观风历上国,暗许故人深。"(《陈情赠友人》)

嘤鸣求友也。

这显然是金陵文化史上一次天才级的卓异宴游:

随处氤氲着脂粉、曲蘖和民谣的秦淮河两岸,驻足的人们看着河心游船上一群发癫的"怪物":号称唐巾的乌纱巾散落草间,已经找不到了。紫色丝绸做成的裘衣乱蓬蓬地裹在身上。十几个醉鬼,在河心船头声嘶力竭地打闹、喧哗和嬉笑。惊天动地,无法无天。

约九百年后的明朝崇祯二年（1629），有个叫张岱的山阴名士，带着一个家养的戏班，在镇江金山寺借宿，也上演了一幕惊心动魄的传奇：

> 移舟过金山寺，已二鼓矣。经龙王堂，入大殿，皆漆静。林下漏月光，疏疏如残雪。余呼小仆携戏具，盛张灯火大殿中，唱《韩蕲王金山》及《长江大战》诸剧。锣鼓喧阗，一寺人皆起看。有老僧以手背搬眼翳，翕然张口，呵欠与笑嚏俱至。徐定睛，视为何许人，以何事何时至，皆不敢问。剧完，将曙，解缆过江。山僧至山脚，目送久之，不知是人、是怪、是鬼。
> ——张岱《陶庵梦忆·金山夜戏》

都是观者如堵，都是一脸的惊愕，都是阅尽人间后的一缕尘烟。

张岱是落寞中的癫狂，人生如戏，戏中有春秋。

太白是癫狂中的落寞，载歌载酒，酒中藏日月。

太白已经很久没这么疯过了，被半道路过的吴姬嘲笑也在所不惜。

心中的坚持并不容易放下。

心中有天下的人，天下也会裹挟着他前行。

老朋友崔成甫，一个流落到江南的落拓书生、同朝旧侪，是太白心中可与自己并称的秦客。

太白在最癫狂慌乱的时候忆访崔成甫，就是在追访当年的盛世大唐。

无论是昔日的上国巍峨，还是在今天的秦淮波涛，"系之衣裳上，相忆每长谣。"

太白伤痕累累，长歌当哭。

（四）不是终点的终点

唐肃宗上元二年（761）春，太白将妻子宗氏送往庐山，依故相李林甫女——已受箓入道替父赎罪的李腾空。

> 若恋幽居好，相邀弄紫霞。
> ——《送内寻庐山女道士李腾空二首（其一）》

从此夫妻天涯永隔，再无相见之日。
太白只身浮江东下，再往金陵。
似乎冥冥之中的最后一次牵挂：

> 耿耿忆琼树，天涯寄一欢。
> ——《三山望金陵寄殷淑》

他把一生中最后的寄托，安放在这座离家乡数千里的城市中。
此时的金陵，故友尽成故人。
太白已无家可归、无友可依了。
即便潦倒如斯，六十一岁的太白，仍心念尚未平定的大唐帝国：

> 应须救赵策，未肯弃侯嬴。
> ——《赠升州王使君忠臣》

这一年，杜甫五十岁，在成都草堂，浩叹《茅屋为秋风所破歌》。

两位天才的心，靠得如此之近！

宝应元年（762），太白一贫如洗，两手空空：

> 欲邀击筑悲歌饮，正值倾家无酒钱。
> 江东风光不借人，枉杀落花空自春。
> 黄金逐手快意尽，昨日破产今朝贫。
> ——《醉后赠从甥高镇》

> 宰邑艰难时，浮云空古城。
> 居人若薙草，扫地无纤茎。
> ——《献从叔当涂宰阳冰》

最后的新交——忘年小友殷淑、高镇，也走了。

生命已近乎走进绝境。

这是李白在金陵的最后一个春天：

> 青春几何时？黄鸟鸣不歇。
> 天涯失乡路，江外老华发。
> 心飞秦塞云，影滞楚关月。
> 身世殊烂漫，田园久芜没。

> 岁晏何所从？长歌谢金阙。
>
> ——《江南春怀》

金陵的春天依然鸟语花香，可老去的游子再也回不了家乡。

这不打紧！

一颗跳动的心，却穿越万水千山，飞向长安。

太白不知道如何熬过了那个春天和夏天。

这是他在金陵的最后一个秋天，在那场最后的执念坠落的酒会上：

> 孤凤向西海，飞鸿辞北溟。
>
> 因之出寥廓，挥手谢公卿。
>
> ——《闻李太尉大举秦兵百万出征，东南儒夫请缨，冀申一割之用，半道病还，留别金陵崔侍御十九韵》

在理想的终点，向理想的起点诀别。

太白怫然离去。

金陵再无李太白。

五

二分明月在扬州

扬州之名，古已有之。传说舜置十二牧，古扬州为其一。《禹贡》曰："淮海惟扬州。"《周礼·职方》说："东南曰扬州。其山镇曰会稽，其泽薮曰具区，其川三江，其浸五湖。"这里的扬州，都不是唐宋时候的扬州。

《旧唐书·地理志》载："扬州大都督府。隋江都郡。武德三年，杜伏威归国，于润州江宁县置扬州，以隋江都郡为兖州，置东南道行台。七年，改兖州为邗州。九年，省江宁县之扬州，改邗州为扬州。置大都督，督扬、和、滁、楚、舒、庐、寿七州。贞观十年，改大都督为都督，督扬、滁、常、润、和、宣、歙七州。龙朔二年，升为大都督府。天宝元年，改为广陵郡，依旧大都督府。乾元元年，复为扬州。自后置淮南节度使，亲王为都督，领使；长史为节度副大使，知节度事。恒以此为治所。"这里的扬州，才是狭义的扬州。

炀帝开运河，扬州为运河与长江交汇处，集漕运、商贾、都会于一体，一时极盛。

中唐贞元初人赵元一说："维扬雄藩，脂膏之地，十万之师，吟啸可致。"(《奉天录》)

据说，武后时，有江都人王文，于五月五日江津竞渡中下注赌博，为争先而折断人手臂。康廷芝作了一篇《对竞渡赌钱判》(判决文书)，竟大加表扬起扬州：

> 月观遥临，旁分震泽；雷陂回瞰，近届邗沟。郊连五达之庄，地近一都之会。人多轻剽，俗尚骄奢。……箫吟柳吹，疑传塞北之声；棹引莲歌，即唱江南之曲。

唐人李匡乂说：

> 扬州者，以其风俗轻扬，故号其州。
>
> ——《资暇集》

（一）行者孟浩然

三十八岁之前，山水诗人孟浩然至多在家乡襄阳附近的两湖周边转悠：

> 客舟贪利涉，暗里渡湘川。
> 露气闻芳杜，歌声识采莲。
> 榜人投岸火，渔子宿潭烟。
> 行侣时相问，浔阳何处边？
> ——《夜渡湘水》

这样的诗写得不咸不淡，不温不火，岁月静好。

自己都觉得有点无趣。

已经是玄宗开元年间了，外面的世界热闹得很。

曾经跟自己一道隐居鹿门山的好朋友张子容，前几年就跑去长安应了举，开元元年（713）登了进士第。

走的时候，是孟浩然送的他：

> 夕曛山照灭，送客出柴门。
> 惆怅野中别，殷勤岐路言。
> 茂林予偃息，乔木尔飞翻。
> 无使谷风诮，须令友道存。
> ——《送张子容进士赴举》

孟浩然的神情多少有点凄惶和疑惑："茂林予偃息"的日子过得对不对？

事实是，后来的好朋友们，如王维、王昌龄、崔国辅等，都在这几年纷纷高中进士，眼见的前程似锦，未来光灿灿。

乡野隐士孟浩然也有点着急了。

开元四年（716），张说自中书令被贬为岳州刺史。

孟浩然终于忍不住了。就如后来的好朋友李太白所说的"功成去五湖"[《赠韦秘书子春二首（其一）》]，这没有成就打底子的隐居，多少缺乏性价比。

次年八月，孟浩然干谒张说，送了一首后来著名的《望洞庭湖赠张丞相》：

> 八月湖水平，涵虚混太清。

> 气蒸云梦泽,波撼岳阳城。
> 欲济无舟楫,端居耻圣明。
> 坐观垂钓者,空有羡鱼情。

浩然诗里少有的气势之作,意思也少有的明白。

一直到第二年,张说做了荆州大都督府长史,孟浩然还是没有得到回应。

孟浩然这回是真的急了,向京城的朋友们嘀咕起来:

> 维先自邹鲁,家世重儒风。
> 诗礼袭遗训,趋庭沾末躬。
> 昼夜常自强,词翰颇亦工。
> 三十既成立,嗟吁命不通。
> 慈亲向羸老,喜惧在深衷。
> 甘脆朝不足,箪瓢夕屡空。
> 执鞭慕夫子,捧檄怀毛公。
> 感激遂弹冠,安能守固穷。
> 当途诉知己,投刺匪求蒙。
> 秦楚邈离异,翻飞何日同。
>
> ——《书怀贻京邑同好》

牢骚归牢骚,"秦楚邈离异"似乎是问题的症结所在。

看来得动起来了。

开元十六年(728),孟浩然开启了向东漫游模式。

这次的目的地:扬州。

三月，长江沿岸花团锦簇，是适合出行的季节。

浩然在江夏（今武昌）遇到正漫游的李白。

（按，安旗《李白年谱》及詹锳《李白诗文系年》皆载李白于江夏遇孟浩然是在开元十六年。刘文刚《孟浩然年谱》则记为开元十四年。此暂依安谱。）

故人重逢，太白之前又在开元十四年（726）往扬州走过一遭。这次是欣喜地为孟浩然送别：

> 故人西辞黄鹤楼，烟花三月下扬州。
> 孤帆远影碧山尽，唯见长江天际流。
> ——《黄鹤楼送孟浩然之广陵》

孟浩然也没觉得眼前这个年轻人有什么特别，接接送送，来来往往，稀松平常得紧。

也没回赠李白一首送别诗。

李白一生赠孟浩然诗五首，然翻遍孟浩然诗文集，浩然与数十人有往还之作，竟无一首是与李白赠答酬送诗文之作！

孟夫子真是个宽厚的痴人。

太白于黄鹤楼赠了别，随后，孟浩然就这么去了。

孟浩然到底去了几回扬州，已然弄不清楚。

但是有一点是明白的，在扬州，孟浩然似乎并不快乐：

> 士有不得志，栖栖吴楚间。
> 广陵相遇罢，彭蠡泛舟还。
> 樯出江中树，波连海上山。

风帆明日远，何处更追攀。
——《广陵别薛八》

浩然有多首诗赠薛姓行八的朋友，有在山阴云门寺，有在牛渚（采石矶）。能直言"士有不得志"，二人关系应该够铁。

浩然后来与薛八同游越州云门寺，写了一首长诗，末几联说：

所居最幽绝，所住皆静者。
云篠兴座隅，天空落阶下。
上人亦何闻，尘念都已舍。
四禅合真如，一切是虚假。
愿承甘露润，喜得惠风洒。
依止托山门，谁能效丘也。
——《云门寺西六七里，闻符公兰若最幽，与薛八同往》

"喜得惠风洒"，兴致算是盎然。

盛唐人喜作新诗（律诗和绝句），浩然也拿手，浩然的朋友王昌龄和李白是"高精尖人才"。

作诗，一般是情绪高涨的时候，要么欢快，要么郁闷。

孟浩然在云门寺与薛八切磋的这首，基调是快乐的。

但在广陵的吟咏，是逃不掉的失落。

还有：

北固临京口，夷山近海滨。

江风白浪起,愁杀渡头人。

——《扬子津望京口》

孟浩然早年不乐仕进,同隐襄阳的张子容后来进士得举,一闷棍敲醒了他。

孟浩然渴望得名天下,但并不打算走张子容的老路,而是希望得贵人荐拔,所以去依张说丞相,依张九龄丞相。

理想很美满,现实很骨感,得二张丞相推荐的才子一拨又一拨。

行情"卷"得很,孟浩然却总是离成功差那么一截。

着急也没辙,最后只好去参加科考,并以失败告终,这是后话。

老孟这首《扬子津望京口》,李太白喜欢得不行,还"抄袭"这口气,作了一首《横江词》:

横江西望阻西秦,汉水东连扬子津。
白浪如山那可渡,狂风愁杀峭帆人。

李太白是个重感情的人,这首诗,活脱脱是对老孟的致敬。

以扬子津得名的扬子江就横亘在眼前,孟浩然再一次体会到本不属于江南的肃杀寒意:

桂楫中流望,京江两畔明。
林开扬子驿,山出润州城。
海尽边阴静,江寒朔吹生。

更闻枫叶下,淅沥度秋声。
——《渡扬子江》

有什么心境就有什么环境,老孟心有些凉了。

咋办呢?

木落雁南度,北风江上寒。
我家襄水上,遥隔楚云端。
乡泪客中尽,孤帆天际看。
迷津欲有问,平海夕漫漫。
——《早寒江上有怀》,一作《江上思归》

有隐居经历或者归隐心境之人,内心的第一反应恐怕就是:回家。

(按:以上孟诗,创作恐非一时,次序也当非如此齐整,仅依浩然心绪臆解而已。)

这不是思归,应是逃归了。

要论长袖善舞,得是太白金星下凡的李太白了。

(二)李白的狂与寂

风吹柳花满店香,吴姬压酒唤客尝。
金陵子弟来相送,欲行不行各尽觞。
请君试问东流水,别意与之谁短长?
——《金陵酒肆留别》

开元十四年（726）春，柳絮纷飞时节，李白向着金陵子弟、吴姬们挥挥衣袖，不带走一片云彩。

客船离了征虏亭，直下扬州。

> 船下广陵去，月明征虏亭。
> 山花如绣颊，江火似流萤。
> ——《夜下征虏亭》

> 海客乘天风，将船远行役。
> 譬如云中鸟，一去无踪迹。
> ——《估客行》

预期中的精彩被无限放大。太白宛如一只云中鸟，广阔的自由和无边的璀璨，就是他飞翔的方向。

扬州这片"风俗轻扬"、极易激发多巴胺的神奇土地，自然最合李白的少年心性：

> 君不见淮南少年游侠客，白日毬猎夜拥掷。
> 呼卢百万终不惜，报仇千里如咫尺。
> 少年游侠好经过，浑身装束皆绮罗。
> 兰蕙相随喧妓女，风光去处满笙歌。
> 骄矜自言不可有，侠士堂中养来久。
> 好鞍好马乞与人，十千五千旋沽酒。
> 赤心用尽为知己，黄金不惜栽桃李。
> 桃李栽来几度春，一回花落一回新。
> 府县尽为门下客，王侯皆是平交人。

男儿百年且乐命，何须徇书受贫病。
男儿百年且荣身，何须徇节甘风尘。
衣冠半是征战士，穷儒浪作林泉民。
遮莫枝根长百丈，不如当代多还往。
遮莫姻亲连帝城，不如当身自簪缨。
看取富贵眼前者，何用悠悠身后名。

——《少年行三首（其三）》

一群锦衣少年，纨绔子弟，呼卢（唐时一种赌博游戏）豪掷万金，不蹙半分眉，金鞍好马，躬体屈身也不惜；千金买醉，呼天喝地咤天云；左兰蕙，右喧妓，桃李春风凭少年，"十步杀一人，千里不留行"，恩仇快意决，岂论身后名！这不是为李太白独家量身定制的吗？

（按，前贤解太白此诗，或以为多半伪作，或以为文客羼入，或以为中年手笔云云。私以为，文或嫌不齐，气或稍不协，然端详诗意，极合少年太白之心性。）

太白后来骄傲地说："曩昔东游维扬，不逾一年，散金三十余万，有落魄公子，悉皆济之。"（《上安州裴长史书》）

长袖狂舞，像极了李天才斯时正仗剑东游、不可一世的少年姿态。

但是，当不得真。

靠谱一点的事，比如，李白登上扬州一座标志性建筑：

宝塔凌苍苍，登攀览四荒。
顶高元气合，标出海云长。
万象分空界，三天接画梁。

水摇金刹影，日动火珠光。
鸟拂琼帘度，霞连绣栱张。
目随征路断，心逐去帆扬。
露浴梧楸白，霜催橘柚黄。
玉毫如可见，于此照迷方。

——《秋日登扬州西灵塔》

太白去岁登过金陵瓦官阁，此时驻足"凌苍苍"的西灵塔，似乎可极眺金陵城。

《独异志》说："扬州西灵塔，中国之尤峻峙者。"

西灵塔，又叫栖灵塔。据说隋仁寿元年（601），文帝杨坚为了给自己过生日，在全国三十州建三十座供奉佛舍利的塔，而建在扬州大明寺（后为南朝宋武帝建）侧的这一座就是西灵塔（又称"栖灵塔"）。

中唐时的《独异志》还敷衍了一则奇事：

> 唐武宗末，拆寺之前一年，有淮南词客刘隐之薄游明州，梦中如泛海，见塔东渡海，时见门僧怀信居塔三层，凭栏与隐之言，曰："暂送塔过东海，旬日而还。"数日，隐之归扬州，即访怀信。信曰："记海上相见时否？"隐之了然省记。数夕后，天火焚塔俱尽，白雨如泻。旁有草堂，一无所损。

——李元《独异志》

宋仁宗庆历八年（1048），欧阳修知扬州，特别喜欢栖灵塔，就在边上修建了一间平山堂，名气大得很。

栖灵塔高九层，极适于登高望远，上可摩天，俯可鸟瞰全扬州城，是还不知天高地厚的李白喜欢的菜。

人在高处，心灵自然也去了高处。

心灵在高处，就不会迷失自己，未来就有了方向。

逻辑朴素而简约。

天才诗人的脑回路似乎都比较清奇，杜甫爬上一千五百多米的泰山时也是这样：

> 荡胸生层云，决眦入归鸟。
> 会当凌绝顶，一览众山小。
> ——《望岳》

而天才们的伟大之处，就是用最简单的语言说出最深刻的话。

就如一名武林绝顶高手，哪怕是一根普普通通的树枝，在他手上，就是一柄寒光熠熠的宝剑。

栖灵塔，比李白小三岁的哥们儿高适也去了：

> 淮南富登临，兹塔信奇最。
> 直上造云族，凭虚纳天籁。
> 迥然碧海西，独立飞鸟外。
> 始知高兴尽，适与赏心会。
> 连山黯吴门，乔木吞楚塞。
> 城池满窗下，物象归掌内。
> 远思驻江帆，暮时结春霭。

> 轩车疑蠢动,造化资大块。
> 何必了无身,然后知所退。
> ——《登广陵栖灵寺塔》

"有唐以来,诗人之达者,唯[高]适而已。"(刘昫等《旧唐书》)高适的官当得很大,但还不算是最好的诗人。

整整一百年后的敬宗宝历二年(826),刚刚被罢了和州刺史的刘禹锡,和刚刚因病被免了苏州刺史的白居易,这两个心情显然都不大好的朋友相聚扬州,并一同去参观了栖灵塔:

> 步步相携不觉难,九层云外倚栏干。
> 忽然笑语半天上,无限游人举眼看。
> ——刘禹锡《同乐天登栖灵寺塔》

> 半月悠悠在广陵,何楼何塔不同登。
> 共怜筋力犹堪在,上到栖灵第九层。
> ——白居易《与梦得同登栖灵塔》

都有点灰头土脸的味道。

"李杜文章在,光焰万丈长"(《调张籍》),真不是韩夫子随口说说的。

"不逾一年,散金三十余万"(《上安州裴长史》)的李白踏上扬州之行。即便才高八斗、豪情万丈,即便广结善缘、兼济天下,但一年下来,似乎离愿望还差了那么点意思。

这一天,李白生病了,就给远在蜀中、授过自己为官秘籍

《长短经》的赵蕤师傅写了一封信：

> 吴会一浮云，飘如远行客。
> 功业莫从就，岁光屡奔迫。
> 良图俄弃捐，衰疾乃绵剧。
> 古琴藏虚匣，长剑挂空壁。
> 楚冠怀钟仪，越吟比庄舄。
> 国门遥天外，乡路远山隔。
> 朝忆相如台，夜梦子云宅。
> 旅情初结缉，秋气方寂历。
> 风入松下清，露出草间白。
> 故人不可见，幽梦谁与适。
> 寄书西飞鸿，赠尔慰离析。
> ——《淮南卧病书怀，寄蜀中赵征君蕤》

一个人在外乡，想起故乡和故人，要么要衣锦还乡，炫耀一把，要么是麻烦缠身，举步维艰。

"功业莫从就，岁光屡奔迫"，"良图俄弃捐，衰疾乃绵剧"，"国门遥天外，乡路远山隔"，生病的人尤其敏感，李白的情况显然属于后者。

要么说，家乡永远是一个人心灵的港湾，对于天才李白来说亦然。

然后有一天，看着窗外皎皎明月普照大地，

李白就鼻子一酸：

> 床前看月光，疑是地上霜。

举头望山月，低头思故乡。

——《静夜思》

（三）杜牧的爱与怜

李白带着浓浓的失意和思乡之情离开扬州，那年二十六岁。

然后去了安陆，然后娶妻、生子，"蹉跎十年"。

刘禹锡、白居易在扬州发了一通牢骚后的第三年（大和二年，828），二人双双回到长安。

刘做了主客郎中、集贤殿学士，从四品上。

白从秘书监除刑部侍郎，正四品下。

都开启了一个官运亨通的新周期。

几乎是同时，东都洛阳，一个风流倜傥的二十六岁年轻人进士及第，估计他自己也完全没想到，他的命运也和千里之外的扬州扯上关系。

这个年轻人就是中唐鼎鼎大名的宰相杜佑的孙子——晚唐诗人杜牧。

杜牧，字牧之，出自京兆府万年县杜氏。其家族的煊赫，招人"羡慕嫉妒恨"达九百年之久，从西汉御史大夫杜周，到西晋镇南大将军、荆州刺史、当阳侯杜预，再到杜牧的祖父，德、顺、宪三朝宰相、岐国公杜佑，如此家世，京兆杜氏在关中自然是"横着走"的，气场庞大。

杜牧，是含着金钥匙出生的。

正史说：

"牧好读书，工诗为文，尝自负经纬才略。"（刘昫《旧唐书》）

"牧于诗，情致豪迈，人号为'小杜'，以别杜甫云。"（宋祁、欧阳修《新唐书》）

正史评人，上纲上线，杜牧不愧是宰相之孙，正能量杠杠的。

《新唐书》中表扬他："牧刚直有奇节，不为龊龊小谨，敢论列大事，指陈病利尤切至。"（宋祁、欧阳修《新唐书》）

"自负经纬才略"，是小杜的本来面目。

这不，就连泰斗级大咖白居易的作品也照批不误："纤艳不逞，非庄士雅人所为。流传人间，子父女母交口教授，淫言媟语，入人肌骨，不可去。"（宋祁、欧阳修《新唐书》）

宽厚聪明的欧阳修给小杜找了个托词："盖救所失不得不云。"（宋祁、欧阳修《新唐书》）其实是掩不住对杜牧的喜爱。

说起小时候读书，唐人的姿态多特别骄傲：

> 五岁诵六甲，十岁观百家。
> ——《上安州裴长史书》

> 十五观奇书，作赋凌相如。
> ——《赠张相镐二首（其二）》

李白吹胡子瞪眼地夸自己是绝对的天纵英才。

就连老实巴交的杜甫也红着脸说：

> 七龄思即壮，开口咏凤皇。
> 九龄书大字，有作成一囊。
>
> ——《壮游》

杜牧耿直，朴素地说：

> 某少小好为文章。
>
> ——《上知己文章启》

就连到老了给自己盖棺论定的时候，也坚决不瞎掰：

> 某平生好读书，为文亦不出人。
>
> ——《自撰墓志铭》

要不长安杜家怎么传了九百年不衰，是因为有淙淙细流汇成的滔滔涵养。

可惜父祖去世后，十岁左右的杜牧遭遇家境颓败：

> 某幼孤贫……八年中，凡十徙其居，奴婢寒饿，衰老者死，少壮者当面逃去。
>
> ——《上宰相求湖州第二启》

或许是"我家世德"之故，杜牧一生所遇，除遭李德裕贬黄州、池州、睦州刺史七年外，殊少蹭蹬寒滞。

二十六岁赴考，吴武陵促知贡举崔郾放榜及第；同年，长安应吏部制举"贤良方正能直言极谏科"及第。

《本事诗·高逸》说：

> 杜舍人牧，弱冠成名，当年制策登科，名振京邑。

十月，杜牧依有通家之谊的江西观察使沈传师幕府，开始了为官的基本操练。

所以，家有厚德，子孙迁善，皆为福报。

要把杜牧说得正派得不行，小杜自己却身体力行地扭转你的三观。

大和七年（833）四月，已改任宣歙观察使，此年又内召吏部侍郎的沈传师，推荐三十一岁的小杜到扬州，入淮南节度使牛僧孺幕府做了掌书记，相当于办公厅主任。

宋人洪迈《容斋随笔·唐扬州之盛》盛赞扬州：

> 唐世盐铁转运使在扬州，尽斡利权，判官多至数十人，商贾如织，故谚称"扬一益二"，谓天下之盛，扬为一而蜀次之也。杜牧之有"春风十里""珠帘"之句，张祜诗云："十里长街市井连，月明桥上看神仙。人生只合扬州死，禅智山光好墓田。"王建诗云："夜市千灯照碧云，高楼红袖客纷纷。如今不似时平日，犹自笙歌彻晓闻。"徐凝诗云："天下三分明月夜，二分无赖是扬州。"其盛可知矣。

洪迈说的美差权宦盐铁转运使，正好杜牧的祖父杜佑曾于永贞元年（805）到元和二年（807）履过此职两年。

不独于此，从贞元三年（787）至十六年（800），杜佑在扬州做了十三年淮南节度使，然后回朝拜相。

可以想见是何等的荣耀和气派！

甫入扬州，沉重的历史感就向杜牧俯冲过来：

> 秋风放萤苑，春草斗鸡台。
> 金络擎雕去，鸾环拾翠来。
> 蜀船红锦重，越橐水沈堆。
> 处处皆华表，淮王奈却回。
> 　　　　　——《扬州三首（其二）》

《隋书》只说大业十二年（616）四月：

> 上［炀帝］于景华宫征求萤火，得数斛，夜出游山，放之，光遍岩谷。
> 　　　　　——魏征《隋书·炀帝下》

景华宫在洛阳，恐怕炀帝秋天在扬州又干过这样的糗事。

关于斗鸡台，颜师古《南部烟花录》（又名《大业拾遗记》，亦名《隋遗录》）说：

> 帝［炀帝］自达广陵……尝游吴公宅鸡台，恍惚间与陈后主相遇，尚唤帝为殿下。……后主复诵诗十数篇，帝不记之，独爱《小窗》诗及《寄侍儿碧玉》诗。《小窗》云："午睡醒来晚，无人梦自惊。夕阳如有意，偏傍小窗明。"《寄碧玉》云："离别肠应断，相思骨合销。愁魂若

飞散，凭仗一相招。"

两个亡国之君还交流了一下诗歌创作技巧，"离别肠应断，相思骨合销"云云，宛然亡国之音的生动描述。

毕竟，隋炀帝在扬州的痕迹太多，教训也太深刻。

杜牧的咏史诗向来有可以直达灵魂深处的震撼力。

比如十多年后在金陵作的"商女不知亡国恨，隔江犹唱后庭花"（《泊秦淮》），差不多创造了晚唐咏史诗的天花板。

沉重的历史，也毕竟不是一个小小的掌书记的肩膀扛得住的。

将历史咏入诗中，唐人几乎都有这个癖好，刘白也好，李杜也好，小李杜也好，均不例外。

在登临、游历、酬唱、迎送等场合，来几首应应景，夹带个人心情处境的私货，自然美妙。

但真正穿透历史并为后世传诵者，要么有大才巨力（如李杜），纵横古今；要么身居高位（如刘白），震古铄今。

杜牧才力阔大，运斤如风，文备众体，但幕府掌书记的小角色似乎并没有鼓励他持续地用历史来讴歌，何况，他也没有多少位卑造成的消沉失落，反而似乎很快乐。

《扬州三首》的另二首，也咏了一下历史，回头就变了味：

炀帝雷塘土，迷藏有旧楼。
谁家唱水调，明月满扬州。
骏马宜闲出，千金好旧游。
喧阗醉年少，半脱紫茸裘。

——其一

街垂千步柳，霞映两重城。
天碧台阁丽，风凉歌管清。
纤腰间长袖，玉珮杂繁缨。
拖轴诚为壮，豪华不可名。
自是荒淫罪，何妨作帝京。

——其三

炀帝由吴公台（斗鸡台）改葬了雷塘，迷楼终成了传说。

杜牧的眼就一瞥，满眼的扬州月色，满心的月下江南款款柔情。

哥今儿得了空闲，兜里有的是银子。广陵的花花世界，这高阁清歌，这曼妙歌舞，这豪华壮丽，不就是用来享乐的吗？

炀帝曾梦见二竖子唱着童谣："住亦死，去亦死。未若乘船渡江水。"就在丹阳筑起了宫殿，不走了，这是要把京城搬来的节奏。

扬州，多好的地方！有隋炀帝为扬州"站台"。看来，杜牧爱极了这座城市。

咏史诗竟写成了这副模样。

喜欢扬州，除了风景楼阁，恐怕还有别的。

一百年后，一个在不远的金陵为官的叫刘崇远的南唐文林郎写《金华子杂编》时，记载了早年宰相刘邺镇淮南（治扬州），辟杜牧之子杜晦辞为节度判官，便说起晦辞的一段故事：

> 永宁刘相国［邺］镇淮南，又辟［晦辞］为节度判官，方始应召。狂于美色，有父遗风。赴淮南之召，路经

常州，李瞻给事方为郡守，晦辞于祖席忽顾营朱娘言别，掩袂大哭。瞻曰："此风声妇人，员外如要，但言之，何用形迹？"乃以步辇随而遗之，晦辞自饮筵散，不及换衣，便步归舟中，以告其内。内子性仁和，闻之无难色，遂履而迎之。其喜于适愿也如是。

杜晦辞算是个敢爱敢恨的汉子，晦辞夫人竟也不以为意。刘崇远就顺便将了杜牧一军："狂于美色，有父遗风。"

事情都过了百年了，可想见杜牧当年在扬州的名声。有诗为证：

> 青山隐隐水遥遥，秋尽江南草木凋。
> 二十四桥明月夜，玉人何处教吹箫。
> ——《寄扬州韩绰判官》

> 娉娉袅袅十三余，豆蔻梢头二月初。
> 春风十里扬州路，卷上珠帘总不如。
> ——《赠别二首（其一）》

> 金英繁乱拂阑香，明府辞官酒满缸。
> 还有玉楼轻薄女，笑他寒燕一双双。
> ——《九日》

> 才子风流咏晓霞，倚楼吟住日初斜。
> 惊杀东邻绣床女，错将黄晕压檀花。
> ——《偶作》

狂则狂矣，美则美焉，然一个"色"字，于杜牧多少有些差池。

《唐阙史》（出《太平广记》）载杜牧一则故事，流传甚广：牧在扬州，供职之外喜游宴，常出没驰逐于倡楼间。牛僧孺潜卒三十人易服伺其后，既是保护也是监视。牧拜侍御史，僧孺钱别，并告诫："以侍御史气概达驭，固当自极夷涂，然常虑风情不节，或至尊体乖和。"牧死活不承认，僧孺笑而不答，即命侍儿取一小书簏，打开一看，数十百张都是街卒关于杜牧夜晚行踪的密报。

七百多年后的大明，有山阴名士徐渭（字文长），才华一等一，后来做了闽浙总督胡宗宪的幕僚。

《情史》记载：宗宪得了一只白鹿，当然是祥瑞，要献给嘉靖帝，由徐文长起草献表。嘉靖见了白鹿，龙颜大悦，"益宠异宗宪，宗宪以是益重［徐］渭"。

> 山阴徐渭，字文长，高才不售。胡少保宗宪总督浙西，聘为记室，宠异特甚。渭常出游，杭州某寺僧徒不礼焉，衔之。夜宿妓家，窃其睡鞋一只，袖之入幕，诡言于少保，得之某寺僧房。少保怒不复详，执其寺僧二三辈，斩之辕门。
>
> ——冯梦龙《情史》

照徐文长行事的狷狂风格，这种事也不是不可能的。

清人田雯颇有眼光："余于此叹杜、徐二子之奇，尤叹牛、胡两公之爱才，前后一辙也。"（《古欢堂集·杂著》）

古人爱才如是,其心良苦。

美需要被发现。杜牧于美少女,实更多的是欣赏,是偏爱,也是深情:

> 多情却似总无情,唯觉樽前笑不成。
> 蜡烛有心还惜别,替人垂泪到天明。
> ——《赠别二首(其一)》

杜牧回忆大和三年(829)于沈传师江西幕所见之张好好,彼时"玉质随月满,艳态逐春舒。绛唇渐轻巧,云步转虚徐"(《张好好诗》)。

六年后洛阳再见,"聘之碧瑶珮,载以紫云车。洞闭水声远,月高蟾影孤"(《张好好诗》)。

一时感旧伤怀,不独有对同侪好友的悼念,也不掩对好友遗孀的敬重。

尔后在开成二年(837)秋对杜秋娘,"予过金陵,感其穷且老,为之赋诗"(《杜秋娘》序)。

尊重和同情,是杜牧与生俱来的高贵。

> 落魄江南载酒行,楚腰肠断掌中轻。
> 十年一觉扬州梦,赢得青楼薄幸名。
> ——《遣怀》

若是斑斑劣迹,即将赴长安真拜监察御史的杜牧断不会自毁长城。

无论是张好好还是杜秋娘，于落魄江南的杜牧而言，皆为同行同怜之人罢了。

扬州于杜牧，是十里有春风，
杜牧于扬州，是一往而情深。

六

苏东坡的汴京朋友圈

宋仁宗庆历六年（1046），罢参知政事、知邓州（今河南南阳邓州）的范仲淹，对着岳州知府滕子京送过来的一幅《洞庭秋晚图》，思忖片刻，挥笔写下了一篇惊天地泣鬼神的《岳阳楼记》，喊出了"先天下之忧而忧，后天下之乐而乐"这句雄浑激昂的千古绝唱。

也在这一年，成都府眉州，十岁的苏轼跟着母亲读《后汉书·范滂传》。

苏轼问母亲："轼若为滂，夫人亦许之否乎？"

母亲说："汝能为滂，吾顾不能为滂母耶？"（苏辙《亡兄子瞻端明墓志铭》）

范滂，字孟博，汝南征羌（今河南漯河）人。东汉名士，少厉清节："滂在职，严整疾恶。其有行违孝悌、不轨仁义者，皆扫迹斥逐，不与共朝。显荐异节，抽拔幽陋。"（范晔《后汉书·范滂传》）

范滂因为党锢，被人诬陷为"范党"而入狱，"后事释，南归"（范晔《后汉书·范滂传》）。

苏轼与母亲的对话，三十多年后竟一语成谶。

历史和现实如此惊人的相似！

史书说，范滂与名士郭林宗等八人被称为"八顾"。

"顾者，言能以德行引人者也。"（范晔《后汉书》）

史学家范晔这么说。

（一）晋 升

嘉祐二年（1057）二月，五十一岁的翰林学士知贡举欧阳修坐在礼部大堂上，对着一堆弥封的进士试卷犯了难。

（按，北宋进士试需考内容极多，《宋史·选举志》说："凡进士，试诗、赋、论各一首，策五道，帖论语十帖，对《春秋》或《礼记》墨义十条。"）

有几篇策论诗赋实在惊天动地：

《省试刑赏忠厚之至论》写道："尧、舜、禹、汤、文、武、成、康之际，何其爱民之深，忧民之切，而待天下以君子长者之道也。有一善，从而赏之，又从而咏歌嗟叹之，所以乐其始而勉其终。"

《休兵久矣而国益困》写道："中国之有夷狄之患，犹人之有手足之疾也。不忍药石之苦，针砭之伤，一旦流而入于骨髓，则愚恐其苦之不止于药石，而伤之不止于针砭也。"

和眼下京城流行的"时文"相比，句句振聋发聩。

《丰年有高廪诗》："颂声歌盛旦，多黍乐丰年。近见藏高廪，遥知熟大田。在畴纷已获，如阜隐相连。鲁史详而记，神仓赋且全。春人洪蓄积，祖庙享恭虔。圣后忧农切，宜哉报自天。"

和那些险怪奇谲的"太学体"相比，字字铿锵有力。

这样的雄文非列名第一不可！

可是欧公左瞧右看，只有自己的弟子曾子固（巩）才会有如此生花妙笔。

如此影响不好，也忒难为情，就第二吧。

待弥封拆卷：苏轼！

欧公吃了一惊："此人可谓善读书，善用书，他日文章必独步天下。"（杨万里《诚斋诗话》）

事还没完。

比苏轼晚四十年中进士的才子叶梦得兴高采烈地补述了另一件事：

> 苏子瞻自在场屋，笔力豪骋，不能屈折于作赋。省试时，欧阳文忠公锐意欲革文弊，初未之识。梅圣俞作考官，得其《刑赏忠厚之至论》，以为似《孟子》。然中引皋陶曰"杀之三"，尧曰"宥之三"，事不见所据，亟以示文忠，大喜。往取其赋，则已为他考官所落矣，即擢第二。及放榜，圣俞终以前所引为疑，遂以问之。子瞻徐曰："想当然耳，何必须要有出处？"圣俞大骇，然人已无不服其雄俊。
>
> ——叶梦得《石林燕语》

圣俞就是梅尧臣，一个端庄、可爱又聪慧的家伙，当时"充点检试卷官"。

苏洵刚来汴京，人生地不熟，梅尧臣第一眼见到轼、辙两兄弟，"独奇之"，赶忙赠老苏洵一诗：

> 日月不知老，家有雏凤皇。
> 百鸟戢羽翼，不敢呈文章。
> ——《题老人泉寄苏明允》

这显然让父子三人受宠若惊了。

南宋人似乎特别喜欢苏轼"何须出处"这个典故，大诗人陆游和比他小两岁的朋友杨万里，都郑重且不乏艳羡地记录下东坡这段光鲜的往事：

> 东坡先生《省试刑赏忠厚之至论》有云："皋陶为士，将杀人，皋陶曰杀之三，尧曰宥之三。"梅圣俞为小试官，得之以示欧阳公。公曰："此出何书？"圣俞曰："何须出处！"公以为皆偶忘之，然亦大称叹。初欲以为魁，终以此不果。及揭榜，见东坡姓名，始谓圣俞曰："此郎必有所据，更恨吾辈不能记耳。"及谒谢，首问之，东坡亦对曰："何须出处。"乃与圣俞语合。公赏其豪迈，太息不已。
> ——陆游《老学庵笔记》

> 欧阳公作省试知举，得东坡之文惊喜，欲取为第一人，又疑其是门人曾子固之文，恐招物议，抑为第二。坡来谢，欧阳问坡所作《刑赏忠厚之至论》，有"皋陶曰杀之三，尧曰宥之三"，此见何书，坡曰："事在《三国志》

《孔融传注》。"欧退而阅之,无有。他日再问坡,坡云:"曹操灭袁绍,以袁熙妻赐其子丕。孔融曰:'昔武王伐纣,以妲己赐周公。'操惊问何经见,融曰:'以今日之事观之,意其如此。'尧皋陶之事,某亦意其如此。"欧退而大惊曰:"此人可谓善读书,善用书,他日文章,必独步天下。"

——杨万里《诚斋诗话》

放翁说话谨重,杨诚斋添油加醋,倒也栩栩如生。

年轻的狂傲,加上才华加持的底气,苏轼一飞就冲了天。

欧公之前倒也不是没听说过苏轼的大名。

远在成都府的知州张方平,前些日给政见不和的欧公写了封信,极力推荐苏氏父子。

因为就在来汴京前,苏洵带着两个儿子专程拜会了张方平,寻求汲引提掖二子。

其实,嘉祐元年(1056)正月,苏洵就写了篇《张益州画像记》,歌颂从未谋面的知府张方平大人治蜀之成绩:"呜呼!爱蜀人之深,待蜀人之厚,自公而前,吾未始见也。"

作为铺垫,话说得有点猛。

趁着热络,苏洵不久又给回京任职的张方平写了封信:"年少狂勇,未尝更变,以为天子之爵禄可以攫取。闻京师多贤士大夫,欲往从之游,因以举进士。"(《上张侍郎第一书》)

环环相扣,步步为营,还是老苏这块老姜比较辣。

最后,果然"尺书见公,一见而知"(苏辙《祭张宫保文》)。

效果出奇的好。

自然,两兄弟也争气,才学惊到了这位成都的父母官:

> 嘉祐初,[张]安道[方平]守成都,[欧阳]文忠[修]为翰林,苏明允[洵]父子自眉州走成都,将求知安道。安道曰:吾何足以为重?其欧阳永叔乎!不以其隙为嫌也。乃为作书办装,使人送之京师谒文忠。文忠得明允所著书,亦不以安道荐之非其类,大喜曰:后来文章当在此。即极力推誉,天下于是高此两人。
>
> ——叶梦得《避暑录话》

冒险向昔日的政敌求荐,方平是爱才心切了。

这样的父母官等同于恩人,三苏也投桃报李,铭记一生,感念一生。

还有个插曲。

苏轼兄弟见过张方平,声名立马鹊起,苏辙就得意得很:

> 少年喜文字,东行始观国。
> 成都多游士,投谒密如栉。
> 纷然众人中,顾我好颜色。
>
> ——《送张公安道南都留台》

我兄弟论长相也够帅气不是?不然张大人咋一眼就瞅中咱哥俩了?

前面提到梅圣俞,也有一个小段子。

三苏过成都,当地书法家杜君懿尤其爱才,"如遇士人,以故为尽力,常得其善笔"(《书杜君懿藏诸葛笔》),特赠两兄弟两支诸葛笔。

君懿曾官宣州通判，宣州（今安徽宣城）特产宣笔，天下闻名。

宣州本地诗人梅尧臣与君懿交，赠君懿一诗，诙谐而亲切：

> 吾乡素夸紫毫笔，因我又加苍鼠须。
> 最先赏爱杜丞相，中间喜用蔡君谟。
> 尔后仿传无限数，州符县板仍抹涂。
> 鼠虽可杀不易得，猫口夺之烦叱驱。
> 若君字大笔亦大，穿塘琐质无长胡。
> 君到官，治事余。呼诸葛，试问渠。
>
> ——《送杜君懿屯田通判宣州》

二十五年后元丰三年（1080），苏轼在贬地黄州遇见杜君懿之子杜沂，此时君懿已离世，"犹蓄其父在宣州所得笔也，良健可用"（《书杜君懿藏诸葛笔》）。

但进士放榜后，苏轼收到家乡噩耗：母亲去世。

等不及当年的制举试，苏洵带着两个新科进士儿子火速返回眉山奔丧。

轼、辙服阕，再回到汴京，已是嘉祐五年（1060）二月。

礼部侍郎欧阳修荐苏轼应才识兼茂明于体用科，中书舍人杨畋荐苏辙应才识兼茂明于体用科。

老苏也没闲着，成都府路转运使赵抃荐其行义推于乡里，欧阳修上了一道《荐布衣苏洵状》。八月，苏洵免试得官秘书省试校书郎。

北宋于士人真是少有的宽厚。

苏轼记着赵抃于苏家的恩情，于抃薨三年后作《赵清献公神道碑》："杭人德公，逆者如见父母。"

这个评价，远胜过官方的道德标榜。

距来年制举试还有些时日，轼、辙兄弟一是居怀远驿备考，"忆在怀远驿，闭门秋暑中"（《初秋寄子由》）；二是结交官场权贵、文场显宦：丞相富弼，相国韩琦，参知政事曾公亮，三司使蔡襄，礼部侍郎兼翰林侍读学士升枢密副使欧阳修，翰林侍读学士知制诰刘敞，中书舍人进龙图阁直学士、知谏院杨畋等。

这次的亲友团，显然比四年前刚入京时的档次高得多。

甚至发生了一件奇事：

> 东坡云：国朝试科目，亦在八月中旬。顷与黄门公既将试，黄门公忽感疾卧病，自料不能及矣。相国韩魏公知之，辄奏上，曰："今岁召制科之士，惟苏轼、苏辙最有声望。今闻苏辙偶病未可试，如此人兄弟中一人不得就试，甚非众望，欲展限以俟。"上许之。黄门病中，魏公数使人问安否，既闻全安，方引试。凡比常例展二十日。自后试科目，并在九月，盖始于此。比者相国吕微仲，语及科目何故延及秋末之说，东坡为吕相言之。相国曰："韩忠献其贤如此，深可慕尔。"
>
> ——李廌《师友谈记》

由皇帝亲自监考的国家制举试，仅仅因为"最有声望"的考生之一苏辙突然卧病而延迟二十天，甚至延考就此以后还引为常例。这等直通天庭的能量,自隋代开科设举以来见所未见。

丞相韩琦的爱才表现尤其不可思议:

> 东坡云:顷同黄门公初赴制举之召,到都下,是时同召试者甚多。一日,相国韩公与客言曰:"二苏在此,而诸人亦敢与之较试,何也?"此语既传,于是不试而去者,十盖八九矣。
>
> ——李廌《师友谈记》

对于其他考生,这能算是明确的考前警告甚至是威胁,有重大作弊嫌疑了。

嘉祐六年(1061)八月二十五日,仁宗御崇政殿试制举人,其结果是肯定的:"繇是二人果皆中。"(《铁围山丛谈》)苏轼入三等,苏辙入四等。

只有一个人反对:王荆公安石。

> 东坡中制科,王荆公[安石]问吕申公[公著]:"见苏轼制策否?"申公称之。荆公曰:"全类战国文章。若安石为考官,必黜之。"
>
> ——邵博《邵氏闻见后录》

王荆公和苏子瞻都是直肠子,这或许为今后的元祐党争埋下了祸根。

苏轼两次汴京进举之行志得意满,从此迈入了深似海的波涛宦场。

（二）乌　台

元丰二年（1079）四月，刚到湖州任上的前徐州知州苏轼心就碎了一地：词人、忘年知己张先（子野）已于昨年下世了。

张先比苏轼大四十七岁，熙宁四年（1071）苏轼通判杭州时与张先定交。其时八十二岁的张先已名闻天下，与宰相晏殊同为北宋婉约词的泰山北斗。

年龄虽耄耋，张先却是个怪人。天圣八年（1030）进士及第后，做过安陆知县等小官，不闻有更大的仕进。平生爱酒、爱乐府（词）、爱与年轻女孩子厮混，将自己漫长的岁月安放在江南秀美的湖山江海中。

关于张子野，有两个广为流传的掌故：

> 张子野郎中善歌词，尝作《天仙子》云："云破月来花弄影。"士大夫皆称之。子野初谒欧公，迎之坐，语曰："好'云破月来花弄影'。"恨相见之晚也。有客谓张子野曰："人皆谓公为张三中，即心中事、眼中泪、意中人也。"公曰："何不目我三影？"客不晓。公曰："'云破月来花弄影'，'娇柔懒起帘压卷花影'，'柳径无人坠风絮无影'。此予平生所得意也。"
>
> ——李颀《古今诗话》

张子野年八十五犹聘妾，东坡作诗所谓"诗人老去莺莺在，公子归时燕燕忙"是也。荆公亦有诗云："篝火尚能书细字，邮筒还肯寄新诗。"其精力如此，宜其未能息心于粉白黛绿之间也。坡复有《赠张刁二老诗》，有"共成一百七十岁"之句,则子野年益高矣。故其末章云:"唯有诗人被磨折,金钗零落不成行。"

——葛立方《韵语阳秋》

苏轼能写出"诗人老去莺莺在,公子归来燕燕忙"这样的戏谑诗句,说明他与张先虽年龄悬隔近半个世纪,但二人友情竟融洽至此。

听闻老友故去,苏轼随即著《祭张子野文》伤悼忘年亡友:

> 我官于杭,始获拥彗。欢欣忘年,脱略苛细。送我北归,屈指默计。死生一诀,流涕挽袂。我来故国,实五周岁。不我少须,一病遽蜕。堂有遗像,室无留嫠。人亡琴废,帐空鹤唳。

苏轼待朋友一片赤诚,绝无老少贫富之别。
贾似道《悦生随抄》说:

> 苏子瞻泛爱天下士,无贤不肖,欢如也。尝自言:"自上可以陪玉皇大帝,下可以陪卑田院乞儿。"

在湖州安顿下来后,按照官场惯例,苏轼先给当今皇帝写了一篇感恩戴德的文章《湖州谢上表》:"知其愚不适时,难以追陪新进;察其老不生事,或能牧养小民。"(按,监察御史里行何大正给神宗的札子引为"愚不识时,难以追陪新进;老不生事,或能牧养小民",见朋九万《东坡乌台诗案》)

就是本来自谦与谀颂朝廷的一席话,竟酿成朝廷一群宵小对苏轼围攻迫害的一桩惊天大案：乌台诗案。

七月二十八日，湖州知州苏轼正在处理繁忙的州务，中使悍吏皇甫遵带着两名御史台役卒"径入州廨，具靴袍，秉笏立庭下，二台卒夹侍，白衣青巾，顾盼狞恶，人心汹汹不可测""郡人送者雨泣，顷刻之间，拉一太守，如驱犬鸡"（孔平仲《孔氏谈苑》）。

据监察御史里行何大正和舒亶、国子博士李宜、御史中丞李定等申奏札子，到湖州搜罗苏轼的"罪证"，也就是苏轼所作的"愚弄朝廷，妄自尊大，宣传中外""为恶不见悛，怙终自若，谤讪讥骂，无所不为"的一篋篋诗文。

一时间，汴京内外震惊！

苏轼想起来，最初的导火索竟是他为杭州通判时结交的朋友，时为两浙察访使的大科学家沈括：

[沈]括素与苏轼同在馆阁，轼论事与时异，补外。括察访两浙，陛辞，神宗语括曰："苏轼通判杭州，卿其善遇之。"括至杭，与轼论旧，求手录近诗一通，归则签帖以进，云词皆讪怼。轼闻之，复寄诗。刘恕戏曰："不忧进了也？"其后，李定、舒亶论轼诗置狱，实本于括云。元祐中，轼知杭州，括闲废在润，往来迎谒恭甚。轼益薄其为人。

——李焘《续资治通鉴长编》，引王铚《元祐补录》

初，王安石施新政，沈括欲依安石。变法败，沈括又对安石落井下石，荆公深知其人。熙宁六年（1073）六月，神宗议派沈括察访两浙农田水利事：

> 检正中书刑房公事沈括辟官相度两浙水利，上曰："此事必可行否？"王安石等曰："括乃土人，习知其利害，性亦谨密，宜不敢轻举。"上曰："事当审计，无如郏亶妄作，中道而止，为害不细也。"
>
> ——李焘《续资治通鉴长编》

罗织诗文，锻成冤狱，这是对苏轼不折不扣的文字狱陷害。

舒亶、李定之辈（后台是宰相王珪）加紧迫害，苏轼的亲友团也分秒必争地展开营救。

弟苏辙干脆以自己的官职换兄长一命。当年王维身陷囹圄，弟弟王缙也是如此。兄弟同心至此。

苏家恩公张方平此时由宣徽南院使退居睢阳，"安道[张方平]独上书，力陈其可贷之状"（方勺《泊宅编·卷七》）。

有的直接对皇帝发难：

> 吴充申救甚力，帝亦怜之。会同修起居注王安礼从容白帝曰："自古大度之君，不以言语罪人。轼以才自奋，谓爵禄可立取，顾碌碌如此，其心不能无触望。今一旦致于理，恐后世谓陛下不能容才。"帝曰："朕固不深谴也，行为卿贳之，第去勿漏言。轼方贾怨于众，恐言者缘以害卿也。"
>
> ——商辂《续资治通鉴纲目》

宰相吴充更以曹操不杀祢衡故事质诘神宗：

> 苏子瞻自湖州以言语讥讪下狱，吴充方为相，一日问

上:"魏武何如人?"上曰:"何足道!"充曰:"陛下以尧舜为法,薄魏武固宜,然魏武猜忌如此,犹能容祢衡,陛下不能容一苏轼,何也?"上惊曰:"朕无他意,只欲召他对狱,考核是非耳!行将放出也。"

——吕希哲《吕氏杂记》

宋士大夫常常不畏强权,铮铮铁骨,令人动容。

欧阳修已于熙宁五年(1072)故去。否则,可以想见,得意门生受如此冤屈,欧公相救定会不遗余力。

至交驸马都尉王诜及同侪好友章惇、司马光、范镇、陈襄、刘挚等等,都在倾己所能。

章惇更是痛骂宰相王珪:

> 子厚[章惇]尝以语余,且以丑言诟时相,曰:"人之害物,无所忌惮,有如是也!"时相,王珪也。
>
> ——叶梦得《石林诗话》

就连曹太皇太后也对神宗诘责,太皇太后的口气可不是一般的重:

> 慈圣光献大渐,上纯孝,欲肆赦。后曰:"不须赦天下凶恶,但放了苏轼足矣!"时子瞻对吏也。后又言:"昔仁宗策贤良归,喜甚,曰:吾今日又为子孙得太平宰相两人!盖轼、辙也,而杀之可乎?"上悟,即有黄州之贬。
>
> ——陈鹄《耆旧续闻》

可惜未等苏轼出狱，曹太皇太后薨。苏轼感念其恩德，作《十月二十日，恭闻太皇太后升遐。以轼罪人，不许成服，欲哭则不敢，欲泣则不可，故作挽词二章》。

千钧一发之际，全天下都在等一个重量级人物表态：王安石。

> 大丞相王文公曰："岂有圣世而杀才士者乎？"当时谳议，以公一言而决。
>
> ——周紫芝《诗谳》

其时，苏轼已为自己作一绝笔诗，诗题尽释情由，《予以事系御史台狱。狱吏稍见侵，自度不能堪，死狱中，不得一别子由，故作二诗授狱卒梁成，以遗子由，二首（其一）》：

> 圣主如天万物春，小臣愚暗自亡身。
> 百年未满先偿债，十口无归更累人。
> 是处青山可埋骨，他时夜雨独伤神。
> 与君今世为兄弟，又结来生未了因。

此案牵连人物甚众，据《东坡乌台诗案》，连坐者数十人，其中不乏张方平等东坡尊敬有年的长辈和师尊，更多的是长年真诚相待、惺惺相惜的至交好友。

贬官的贬官，远谪的远谪，罚铜受责更为寻常。

尤其是与苏轼私交极好的王巩，这位名相王旦之孙、恩人张方平之婿，因诗案被贬至遥远的瘴疠之地宾州（今广西宾阳）监盐酒税务，又于贬处丧一子，在家丧一子。

苏轼为此寝食难安，深愧于心。

乌台诗案因诗而起，除了极少几首与此次汴京行有关的诗文外，苏轼再无诗文记录，此后也讳莫如深。

牵连亲友至深，也是苏轼一生于亲朋之痛和愧疚，这或是他闭口不谈的因由。

元丰二年（1079）十二月二十八日，诏贬苏轼为黄州团练副使。

被囚禁百余日，走出御史台根勘所，重获自由的苏轼如同在地狱里走了一遭：

> 百日归期恰及春，余年乐事最关身。
> 出门便旋风吹面，走马联翩鹊啅人。
> 却对酒杯浑似梦，试拈诗笔已如神。
> 此灾何必深追咎，窃禄从来岂有因？
> ——《十二月二十八日蒙恩责授检校水部员外郎黄州团练副使复用前韵二首（其一）》

宽厚淳善的苏轼，对折磨迫害他三个多月的恶人恶行，竟就这么轻轻地放下了。

仅隔了一天，元丰三年（1080）正月初一，在这万家灯火、围炉团圆的日子，瑟瑟寒风中，苏轼在长子苏迈的搀扶下，离开了这个曾经带给他无尽梦想、热望，而今却让他满是惊恐、伤痕和疲惫的汴京城。

（三）元　祐

徽宗建中靖国元年（1101）五月，当六十五岁的苏轼从儋州北还经金山寺，再次见到好朋友李公麟早年为他作的画像时，他泪流满面：

心似已灰之木，身如不系之舟。
问汝平生功业，黄州惠州儋州。

——《自题金山画像》

谦恭的苏轼，将平生功业都归结为三个让他受尽人间苦难的地方。

在黄州，苏轼收获了一个响当当的自号——"东坡居士"。

这个自号被后人尊崇、景仰和温暖地叫了一千年，就像那个一千三百多年来，人们仍絮絮叨叨地念着的"李太白"。

元丰七年（1084）正月，神宗皇帝动用御札（绕过宰相王珪），量移东坡为汝州团练副使，本州岛安置（监视居住）。

神宗的札子里有段话，"苏轼黜居思咎，阅岁滋深，人材实难，不忍终弃"（苏辙《兄子瞻端明墓志铭》），博得了苏轼对他的感恩：

与黄州相比，汝州距汴京不过两百里。这是圣上在召唤！

东坡投桃报李："稍从内迁，示不终弃。罪已甘于万死，恩实出于再生。"（《谢量移汝州表》）应该是东坡的心里话。

想起了神宗的恩遇，想起了五年前那场生死大案，想起了为官二十三年来的风风雨雨，也想起了宦海中一起沉浮的师友

交情,在黄州时,东坡椽笔一挥,心中郁塞化作笔下流淌的快意:

> 蜗角虚名,蝇头微利,算来著甚干忙。事皆前定,谁弱又谁强。且趁闲身未老,尽放我、些子疏狂。百年里,浑教是醉,三万六千场。
>
> 思量,能几许,忧愁风雨,一半相妨。又何须,抵死说短论长。幸对清风皓月,苔茵展、云幕高张。江南好,千钟美酒,一曲《满庭芳》。
>
> ——《满庭芳》

在东坡的心里,一片晴朗的天空,正在眼前徐徐展开。

辗转汝州、富川、江州、筠州、金陵、宜兴、扬州、汝州、常州、登州等多地,东坡像一艘无目标的小船,随着圣旨的递传转动方向。

元丰八年(1085),神宗去世,幼帝哲宗继位。

知人善任的"女中尧舜"(《邵氏闻见后录》)高太后寄希望于旧党,希冀开创一个如"嘉祐"那样的"元祐"好时代。

十月二十日的一道诏书,以礼部郎中召苏轼还,五十岁的东坡知登州仅五日后,第六次回到汴京城。

东坡不知道,等待他的,是一个历时四年波澜壮阔、波诡云谲的政局。

东坡如汴,不消数月,高太后这位东坡诗文的"超级粉丝"就不断地给他升职:

元丰八年（1085）十二月十八日，除起居舍人；元祐元年（1086）正月，免试除中书舍人；九月十二日，以试中书舍人为翰林学士、知制诰。

连东坡自己都有点害怕了，不断地写辞职书：《辞免起居舍人第一状》、《辞免起居舍人第二状》、《谢中书舍人表》（第一表）、《谢中书舍人表》（第二表）、《辞免翰林学士第一状》、《辞免翰林学士第二状》、《谢翰林学士表》（第一表）、《谢翰林学士表》（第二表）。

不停地辞，又不停地升；不停地升，反而又不停地辞。

东坡好友王巩《随手杂录》记载，高太后升东坡为翰林学士时，东坡不解为何，高太后说：

> 久待要学士知，此是神宗皇帝之意。当其饮食而停箸、看文字，则内人必曰：此苏轼文字也。神宗忽时而称之曰：奇才，奇才！但未及用学士而上仙耳。

东坡闻言，失声痛哭。

西京洛阳城东南一个偏僻狭小的"独乐园"，一个老人差不多匍匐在一堆卷页中，写着一部后来被叫作《资治通鉴》的名著。

从熙宁六年（1073）小园子修葺完毕开始，司马光就在这隐居著书，一干就是十一年。

元丰七年（1084），在刘恕、刘攽、范祖禹三位大史学家的协助下，司马光将完成的巨著呈送神宗。

高太后也将目光投向了这位老成持重、堪当大任的保守派领袖。

即将开始的史称"元祐更化"的大事业，必须由温公这样声望极高和号召力极强的名宿扛起这面大旗。

温公面圣辞京后，高太后不愧为"女中尧舜"，立马派人追回已在返回洛阳道上的温公，立授门下侍郎。

据说，温公在礼谒宰相时，相府对面的民宅和树顶上都爬满了百姓，为了一睹他们心目中真正的宰相司马温公的风采（王明清《挥麈后录》）。

有皇太后的背书，温公迅速进入朝廷中枢，也迅速组建内阁：八月起苏辙为校书郎，九月起刘挚为侍御史，十月将入职仅五天的登州知府苏轼调任礼部郎中，……一大批旧党应声而起。

元祐元年（1086）四月，司马温公将王安石的新法几乎全部废除。

远在金陵半山隐居的观文殿大学士、守司空、集禧观使、荆国公王安石，听说了这种极不理智的报复性措施，于四月愤激而逝。

对于温公这种全盘否定，东坡并不赞同。

对于王荆公，东坡内心也不乏英雄相惜的惆怅。

就在不久前的元丰七年（1084）七月，赴汝州途中，经金陵，东坡顺道去拜访了隐居中的王安石。

其时变法失败后的荆公，已在金陵闲居八年有余了。

> 自古功名亦苦辛，行藏终欲付何人。
> 当时黮暗犹承误，末俗纷纭更乱真。
> 糟粕所传非粹美，丹青难写是精神。

区区岂尽高贤意，独守千秋纸上尘。

——王安石《读史》

心情是掩饰不住的阵阵凄凉。

王苏见面的场景并不违和：

东坡的船停在岸边，六十四岁的荆公骑着一头瘦驴嘚嘚而来。

听说故相王荆公亲自莅访，小十六岁的东坡连冠帽都来不及戴，慌忙出舟相迎：

轼今日敢以野服见大丞相。

——朱弁《曲洧旧闻》

荆公笑着回应：

礼岂为我辈设哉！

——朱弁《曲洧旧闻》

随后，东坡在金陵盘桓数日，与荆公联翩游蒋山（钟山），论书、谈字、赏画、说禅。唯不谈天下事。

东坡被逼急了：

在朝则言，在外则不言，事君之常礼耳。上所以待公者非常礼，公所以待上者，岂可以常礼乎？

——邵博《邵氏闻见后录》

荆公无奈,叹了口气:

> 出在安石口,入在子瞻耳。
> ——邵博《邵氏闻见后录》

姑妄听之,姑妄听之,而已。

当东坡的身影在荆公眼前消失,荆公喟然而叹:

> 不知更几百年,方有如此人物?
> ——蔡绦《西清诗话》

撇开政见的龃龉,论人品的崇高与伟岸,两个人都当得起。

元祐元年(1086)四月,荆公猝然卒于金陵,朝廷制文出自东坡之手笔:

> 朕式观古初,灼见天意,将有非常之大事,必生希世之异人。使其名高一时,学贯千载。智足以达其道,辩足以行其言。瑰玮之文,足以藻饰万物;卓绝之行,足以风动四方。用能于期岁之间,靡然变天下之俗。具官王安石,少学孔、孟,晚师瞿、聃。罔罗六艺之遗文,断以己意;糠秕百家之陈迹,作新斯人。属熙宁之有为,冠群贤而首用。信任之笃,古今所无。方需功业之成,遽起山林之兴。浮云何有,脱屣如遗。屡争席于渔樵,不乱群于麋鹿。进退之美,雍容可观。
> ——《王安石赠太傅制》

于灵魂深处懂王荆公者，唯东坡耳。

表面枯瘦清癯的司马光，内心的意志却极为坚定。

十五年的洛阳隐居，十一年的"独乐园"枯守，温公信念之强大，人情之冷淡，非寻常人可及。

或经过《资治通鉴》的熔炼，温公目光之深邃、行事之老练，同样无人可攀。

在中国历史上，司马温公同样是少有的目光能穿透千年历史迷雾的伟人。

境界和档次高高在上，可接地气的活儿却令人大跌眼镜。

对前次的王安石变法，温公的招数简单粗暴，一撸到底：

元丰八年（1085）七月罢保甲法，十一月罢方田法，十二月罢市易法、保马法。

元祐元年（1086）闰二月，罢青苗法。

被称为王安石变法的核心的青苗法被废，直接伤了王荆公的自尊，更要了他的老命。

对温公这种矫枉过正的做法，宽厚的东坡并不完全赞同，斗嘴的事就不时发生。

> 温公大更法令，钦之、子瞻密言："宜虑后患。"温公起立，拱手厉声曰："天若祚宋，必无此事。"二人语塞而去。
>
> ——刘延世《孙公谈圃》

温公固执，东坡胆肥，"性不忍事"。

因为温公主政，大多情况下，东坡自然是拗不过温公的：

> 东坡公元祐时既登禁林，以高才狎侮诸公卿，率有标目殆遍也，独于司马温公不敢有所重轻。一日相与共论免役差役利害，偶不合同。及归舍，方卸巾弛带，乃连呼曰："司马牛！司马牛！"
>
> ——蔡绦《铁围山丛谈》

东坡喜给人取绰号，"山抹微云秦学士"之类。

干不过温公，就气急败坏地叫他"司马牛"，犟牛一头！

元祐元年（1086）九月，由于积劳成疾，尚书左仆射司马光薨于位，终年六十八岁。

距其洛阳还政才一年光景，距王安石金陵逝世还不足五个月。

与对王荆公的敬仰相近，温公行状、神道碑、祭文万余言，仍皆出东坡之手。

北宋士人光明磊落，实历代少有。

温公薨后，汴州的政局迅速形成三个旋涡：

洛党，以侍讲程正叔（颐）为领袖，整一个冬烘先生；川党者，以东坡为领袖；朔党，以刘挚等北方士人为领袖。

对于越来越复杂的党争，有乌台诗案为前车之鉴的东坡已渐生倦意：

> 为向东坡传语，人在玉堂深处。别后有谁来，雪压小桥无路。归去，归去，江上一犁春雨。
>
> ——《如梦令·寄黄州杨使君二首（其一）》

手种堂前桃李，无限绿阴青子。帘外百舌儿，惊起五更春睡。居士，居士，莫忘小桥流水。

——《如梦令·春思》

　　好在好朋友王诜驸马府的花园够大，可以聊抒"此心安处是吾乡"（《定风波·南海归赠王定国侍人寓娘》）的袅袅归意。

（四）西　园

　　驸马王诜家的园子美得不像话：

　　层层叠叠的凌霄花，缠绕着一棵巨大的松树，阳光俯冲下来。

　　松树下，古器、瑶琴之类的冲雅之具，罗列在一张巨大的石案之上。

　　当然有水，清澈的溪流蜿蜒淙淙，溪上锦石桥延伸到通幽竹径。

　　当然有人，穿梭着身材曼妙的家姬，云鬟翠饰；髯头执杖的小厮，捧砚侍立的书童。

　　当然还有人，一堆的学士，衣着光鲜、把生活过得比艺术还艺术的雅客：

　　着紫裘的园子主人王诜（晋卿）——这个家里到处是古物和诗歌的驸马都尉，正出神地看着一个捉笔而书的叫苏东坡的乌帽老头；

　　丹阳画家蔡肇（天启）斜靠在一张方几上发呆，他善画平冈老木、仙岩渔舟；

枢密院编修李之仪（端叔）坐在一把椅子上眼光迷离。
端叔的小令简洁又令人陶醉：

  我住长江头，君住长江尾。日日思君不见君，共饮长江水。
  此水几时休，此恨何时已。只愿君心似我心，定不负相思意。
        ——《卜算子》

果真是："著人滋味，真个浓如酒。"（李之仪《谢池春·残寒销尽》）

东坡老弟苏辙（子由）捧书细读，紫衣道帽，依然帅哥一枚。

子由已从偏僻的歙州绩溪县调至京城当了校书郎，跟老哥在一个城市，自豪又满足：

  读书犹记少年狂，万卷纵横晒腹囊。
  奔走半生头欲白，今年始得校书郎。
    ——《初闻得校书郎示同官三绝（其一）》

"苏门四学士"整齐到场：

诗、书、词俱为臻品的黄庭坚（鲁直）手执芭蕉扇左瞧右看。

黄鲁直新入职秘书省校书郎，除修《神宗实录》检讨官。

正在前面写大字的爱才的东坡一眼就瞧中他：

> 孝友之行，追配古人，瑰玮之文，妙绝当世。
> ——《举黄庭坚自代状》

晁补之（无咎）和张耒（文潜），一立一跪，沉浸在"归去来兮，田园将芜胡不归"（陶潜《归去来兮辞》）的画境中。

戴琴尾冠、着紫道服的道士陈景元（碧虚）用善书的手拨动阮弦，谦逊朴素又一脸厚道的秦观（少游）在一旁静静聆听。

大画家李公麟（伯时），是流传至清末、数十人临摹的系列《西园雅集图》主题画作的原作者。

公麟着野褐、戴幅巾，正在头也不抬地画五柳先生《归去来》。

正在石头上题字的大书法家米芾（元章），后来就写下了这一篇著名的《西园雅集图记》。他说：

> 自东坡而下，凡十有六人，以文章议论，博学辨识，英辞妙墨，好古多闻，雄豪绝俗之资，高僧羽流之杰，卓然高致，名动四夷，后之览者，不独图画之可观，亦足仿佛其人耳。

他说李公麟此《西园雅集图》：

> 著色泉石云物，草木花竹，皆妙绝动人，而人物秀发，各肖其形，自有林下风味，无一点尘埃气，不为凡笔也。

一千六百多年前，驰名古今的兰亭雅集，氤氲的是馥郁的贵族气。

元祐二年（1087）或三年（1088）的汴京西园雅集，荡漾的则是淡雅的君子气。

"无一点尘埃气"，仙风道骨，书卷生风。

东坡说：

> 君看今古悠悠，浮幻人间世。这些百岁，光阴几日，三万六千而已。醉乡路稳不妨行，但人生、要适情耳。
> ——《哨遍·春词》

"但人生、要适情耳"，也许正是东坡心底最长情而不易得的渴求。

七

洛城春色欧君来

宋仁宗庆历六年（1046），四十岁的欧阳修在琅琊山幽处造了两座亭，取名：醒心、醉翁。

　　临溪而渔，溪深而鱼肥；酿泉为酒，泉香而酒洌。
　　　　　　　　　　　　　　——《醉翁亭记》

低碳环保原生态，的确是好去处。

然后，整天带着一帮人，喝酒、射覆、嬉闹，无欢不散，得意忘形。

他让人围着亭子种一圈花，助手问："咋种？"

这个正当壮年的自称醉翁的家伙，立马在种花报告的末尾题了一首诗：

　　浅深红白宜相间，先后仍须次第栽。

> 我欲四时携酒去，莫教一日不花开。
> ——《谢判官幽谷种花》

派头十足，丰神俊朗如神人："滁人望公若神仙焉。"（华孳亨《增订欧阳文忠公年谱》）

醉翁意犹未尽，回头给在不远处许州（今河南许昌）的好朋友梅圣俞（尧臣）写了一封信：

> 今岁夏秋以来安乐，饮食充悦。省自洛阳别后，始有今日之乐。
> ——《与梅圣俞书》

能和今天一样快乐的，就数那些年在洛阳的好日子了。

这一晃，都十五年了。

那时候，我们都还年轻。

（一）洛阳花色笑春日

人生三大快事，欧阳修一年多就经历了两个。

天圣七年（1029）春，国子监试第一。

天圣七年（1029）秋，国子监发解试第一。

天圣八年（1030）正月，省试第一。

天圣八年（1030）三月，殿试第十四名，雄赳赳参加御赐琼林宴。

当年与母亲蜗居随州的那个穷小子，终于成了一只张开了翅膀的大雁。

同月，与恩师判三司度支勾院、修起居注胥偃之女胥氏结婚。

　　酒美春浓花世界，得意人人千万态。莫教辜负艳阳天，过了堆金何处买。

——《玉楼春》

论长相，欧阳修"耳白于面""唇不着齿"。参加省试时，御史中丞、知贡举晏殊见到他便吓了一跳："一目眹瘦弱少年独至帘前。"（王铚《默记》）

虽然长相和形象砢碜了一点，但人家有才华呀！

　　少年举人，乃欧阳公也，是榜为省元。

——王铚《默记》

这是命运的爆发点，没理由不自豪。

家是有了，天圣八年（1030）五月，首张offer也到了：授将仕郎、试秘书省校书郎，充西京（洛阳）留守推官（按，宋制，前两衔都是虚授，最后才是实官）。

丑小鸭开启了长达四十二年伟大而颠簸的诗与远方之旅。

天圣九年（1031），三月的洛阳，花团锦簇。

当景祐元年（1034）欧阳修回到京城汴梁做馆阁校勘时，愉快地回忆起第一眼见到的洛阳城：

　　三月入洛阳，春深花未残。

> 龙门翠郁郁，伊水清潺潺。
> ……
> 洛阳古郡邑，万户美风烟。
> 荒凉见宫阙，表里壮河山。
>
> ——《书怀感事寄梅圣俞》

虽然之前有过一段在东京汴梁的求学生涯，但第一次置身偌大的洛阳城，年轻的欧阳修仍惊诧于这个城市的巍峨与宏伟。

内涵上，这个繁华而霸道的十一朝古都，比眼睛能看到的要浑厚得多：

> 洛阳之盛衰，天下治乱之候也。
>
> ——李格非《洛阳名园记》

> 西都缙绅之渊薮，贤而有文者，肩随踵接。
>
> ——司马光《伫瞻堂记》

哪怕到南宋绍兴八年（1138），张琰为李清照父李格非的名著《洛阳名园记》作序时，还在深情怀念洛阳昔年的富丽和繁盛：

> 夫洛阳，帝王东西宅为天下之中。土圭日影，得阴阳之和；嵩少瀍涧，钟山水之秀；名公大人，为冠冕之望；天匠地孕，为花卉之奇。加以富贵利达，优游闲暇之士，配造物而相妩媚，争妍竞巧于鼎新革故之际。馆榭池台，风

俗之习，岁时嬉游，声诗之播扬，图画之传写，古今华夏莫比。观文叔［李格非字］之记，可以致近世之盛。

推官，掌推勾狱讼，比判官次一级，何况是为退休高官专门配置的西京留守属官，闲得很。

二十五岁的欧阳修，开启了政治"小白"的官场历练。

在留守官钱惟演的眼里，历练个啥，找乐子呗！

老钱是吴越国武肃王钱镠曾孙、忠懿王钱俶第七子。

家世煊赫，身披贵胄的荧荧紫光。

真宗朝做到工部尚书，仁宗拜枢密使，位极人臣。

簪缨的家底，金银窠的出身，官运没法不顺溜。

可老钱那段时间还是有些郁闷：

  钱思公官兼将相，阶、勋、品皆第一。自云："平生不足者，不得于黄纸书名。"每以为恨也。
         ——欧阳修《归田录》

枢密使毕竟只是使相，不是真宰相，没有御批的宰相签字权，怏怏！

一顿操作后，老钱来到洛阳当了这个饿不死、冻不着又没人惦记的西京留守。

工作？还干啥干啊，躺平！

  钱文僖公惟演生贵家，而文雅乐善出天性。晚年以使相留守西京，时通判谢绛、掌书记尹洙、留守推官欧阳修，皆一时文士，游宴吟咏，未尝不同。洛下多水竹奇花，凡园囿之胜，无不到者。

——魏泰《东轩笔录》

为政一方，整天游宴吟咏、赏花观竹，这不是不务正业吗？

倒也在不经意间，竟在洛阳开创了北宋一个集游乐、宴赏和创作于一体的文人集团，丰富了一下宋代文学史的细节。

重要的是，这也是青年欧阳修的文学启蒙和首秀。

钱惟演此前给皇帝献了一部自著的《咸平圣政录》（按，"咸平"为真宗第一个年号，历六年）。

这种简单粗暴的谀颂溜须让真宗心花怒放，十分舒坦，当即下诏：从真宗景德二年（1005）开始，钱惟演与杨亿等修《册府元龟》。

老钱就有了和名声显赫的杨亿、刘筠等近距离接触和合作的机会，喝喝酒、聊聊朝政或家常、写写诗是免不了的。

写着写着，就写成了一部《西昆酬唱集》。

三十多岁的老翰林杨亿（按，亿七岁能文，十一岁授正字，十六岁前后试翰林）作序：大家都"并负懿文，尤精雅道，雕章丽句，脍炙人口"，"历览遗编，研味前作，挹其芳润，发于希慕，更迭唱和，互相切劘"。

庞大的粉丝群，兴奋地将集中的诗歌唤作"西昆体"。

老钱来洛阳，就自豪地把这"雕章丽句"的味道也带过来了。

好吧，文学之美应该是多样的。

宋人崇文，一时之间，钱思公幕下群贤毕至：

自兹惬所适，便若投山猿。
幕府足文士，相公方好贤。

——欧阳修《书怀感事寄梅圣俞》

欧阳修先数了一下，钱惟演、谢绛、尹洙尹源兄弟、后来拜相的富弼，以及王复、杨愈、张先（按，非"张三影"的张先）、孙长卿、梅尧臣、欧阳修，圈子核心成员共十一个人（《书怀感事寄梅圣俞》）

后来又仿照杜甫《饮中八仙歌》作《七交》，这七人除尹洙、梅尧臣和欧阳修自己外，又加上了杨子聪、张太素、张尧夫、王几道四人。

圈子外围人员当然远不止这个数。"一时幕府之盛，天下称之"（邵伯温《邵氏闻见录》）。

以文章道义相切劘。率尝赋诗饮酒，闲以谈戏，相得尤乐。凡洛中山水园庭、塔庙佳处，莫不游览。思公恐其废职事，欲因微戒之。一日府会，语及寇莱公[准]，思公曰："诸君知莱公所以取祸否？由晚节奢纵、宴饮过度耳。"文忠遽曰："宴饮小过，不足以招祸。莱公之责，由老不知退尔。"坐客为之耸然，时思公年已七十。

——王辟之《渑水燕谈录》

在这种"胆大妄为"之事上，欧阳修初生牛犊不怕虎。

古有文胆之说，欧公初露锋芒，日后更是以文引领海内外："日为古文歌诗，遂以文章名冠天下。"（华孳亨《增订欧阳文忠公年谱》）

有一则趣事。钱惟演爱书，曾对僚属说：

  平生惟好读书，坐则读经史，卧则读小说，上厕则阅小辞，盖未尝顷刻释卷也。
——《归田录》

欧阳修附会了一下：

  余平生所作文章，多在三上，乃马上、枕上、厕上也。
——《归田录》

有的人，生来就是要做领袖的。

（二）游赏洛阳始著篇

洛阳四年中，欧阳修春风拂面，游山乐水：

    寒郊桑柘稀，秋色晓依依。
    野烧侵河断，山鸦向日飞。
    行歌采樵去，荷锸刈田归。
    秫酒家家熟，相邀白竹扉。
——《秋郊晓行》

左手陶彭泽"暧暧远人村，依依墟里烟"（《归园田居》）的村墟野意，右手孟夫子"开轩面场圃，把酒话桑麻"（《过故人庄》)的乡音缭绕,兼有王无功"牧人驱犊返,猎马带禽归。相顾无相识,长歌怀采薇"(《野望》)的人间烟火。

美则美矣,乐亦乐焉,年轻的欧阳永叔还在咀嚼着前人的芬芳。

在西昆老钱等"雕章丽句"毛细现象般的滋养下,永叔在打磨着年轻的人生观察。

比如,一群雅人相约访问那山间的幽刹,走走停停,上上下下,说说笑笑:

> 闻钟渡寒水,共步寻云嶂。
> 还随孤鸟下,却望层林上。
> 清梵远犹闻,日暮空山响。
> ——《游龙门分题十五首——其四·上方阁》

永叔二十多年后为张汝士作《河南府司录张君墓表》回忆说:"河南又多名山水,竹林茂树,奇花怪石。其平台清池上下,荒墟草莽之间,余得日从贤人长者赋诗饮酒以为乐。"

这显然是当年"从贤人长者赋诗饮酒"的一个成果。

那么悠长的一条进出的山路,天空中氤氲着婉约和怅惘。

幸而欧阳修年轻,好在有澎湃,好在也简约,好在还疏朗。

当然这是试章,观摩和学习着眼前的文学写作榜样们。

要不是经过韩夫子文章的淬炼,日后的欧阳永叔还在西昆的场子里翻跟斗。

欧阳修终究是欧阳修。

事实证明,钻什么样的圈子,跟什么样的队伍,效果是大有不同的。

还有宴饮滋欢：

> 寒斋日萧索，天外敞檐楹。
> 竹雪晴犹覆，山窗夜自明。
> 禽归窥野客，云去入重城。
> 欲就陶潜饮，应须载酒行。
>
> ——《河南王尉西斋》

好朋友梅圣俞也有同题诗，无半个"酒"字，王尉的日子过得似乎紧巴得很，无酒待客。

其实到写此诗的明道元年（1032），出身极贫的欧阳也着实没过过几天好日子，如今也才刚开启至少期望满满的职业生涯。

至于如陶五柳那般载酒行，既无能力，也非心愿，此处之"酒"无非是一种精神慰藉：

> 王弘为江州刺史，陶潜九月九日无酒，于宅边东篱下菊丛中摘盈把，坐其侧，未几，望见一白衣人至，乃刺史王弘送酒也，即便就酌而后归。
>
> ——檀道鸾《续晋阳秋》

酒自然也是要喝的。与何人对酌，酌出个啥心境，欧阳自有分寸：

> 余本漫浪者，兹亦漫为官。

> 胡然类鸱夷，托载随车辕。
> 时士不俛眉，默默谁与言？
> 赖有洛中俊，日许相跻攀。
> 饮德醉醇酎，袭馨佩春兰。
> 平时罢军檄，文酒聊相欢。
> ——《七交七首（其七·自叙）》

对人生中参与的第一个朋友圈，欧阳是真诚的，酒饮得也有滋有味、有情有感。比如对于掌书记尹洙，欧阳钦佩有加：

> 师鲁天下才，神锋凛豪隽。
> 逸骥卧秋枥，意在骙骙迅。
> 平居弄翰墨，挥洒不停瞬。
> 谈笑帝王略，驱驰古今论。
> 良工正求玉，片石胡为韫。
> ——《七交七首（其二·尹书记）》

诗写得一点儿不西昆，仔细瞧，还有些太白之风。

宋僧文莹所撰《湘山野录》讲过一则故事，钱思公建临辕馆，命副使谢希深、书记尹师鲁及欧阳修三人各撰一记，以旌其事：

> 钱思公镇洛，所辟僚属尽一时俊彦。时河南以陪都之要，驿舍常阙。公大创一馆，榜曰"临辕"。既成，命谢希深、尹师鲁、欧阳公三人者各撰一记，曰："奉诸君三日期，后日攀请水榭小饮，希示及。"三子相掎角以成其

文。文就,出之相较,希深之文仅五百字,欧公之文五百余字,独师鲁止用三百八十余字而成,语简事备,复典重有法。欧、谢二公缩袖曰:"止以师鲁之作纳丞相可也,吾二人者当匿之。"

尹洙后来成为北宋诗文革新运动先驱,并非浪得虚名,欧阳师事之,也是钦佩所致。

洛阳钱幕,欧阳修一生为官为文为诗,自此地启程。

有一半文人气质的钱惟演,为洛阳西京留守幕创造了宽松、融洽的气氛,不能不说是欧阳入职时的好运气:

> 谢希深、欧阳永叔官洛阳时,同游嵩山。自颍阳归,暮抵龙门香山。雪作,登石楼望都城,各有所怀。忽于烟霭中有策马渡伊水来者,既至,乃钱相遣厨传歌妓至。吏传公言曰:"山行良劳,当少留龙门赏雪,府事简,无遽归也。"钱相遇诸公之厚类此。
> ——邵伯温《邵氏闻见录》

有好领导才有好员工,尽管钱思公于品行有亏,但这一点亦其一生之善举。

领导开明,同声相应,同气相求,美事一桩。

弄得好,就是生死以之,一辈子的铁杆好友。

"七交"中,梅尧臣是欧阳的一生挚友。

欧阳修在洛阳见到的第一人,就是梅圣俞,这是缘。

景祐元年(1034),欧阳在即将离任西京留守推官时,给

外任德兴的梅圣俞写了首长诗,回忆当年二人初识情景:

> 三月入洛阳,春深花未残。
> 龙门翠郁郁,伊水清潺潺。
> 逢君伊水畔,一见已开颜。
> 不暇谒大尹,相携步香山。
> 自兹惬所适,便若投山猿。
> ——《书怀感事寄梅圣俞》

一见如故,画面相当美好。

其时梅尧臣正当而立,浓眉大眼,形象上佳。

苏东坡说:"梅二丈圣俞,身长秀眉,大耳红额,饮酒过百觞,辄正坐高拱,此其醉也。"(陆友仁《研北杂志》)

帅哥一枚无疑了,但不善饮酒,"梅圣俞每醉,辄叉手温语,坡公谓其非善饮者"(俞弁《逸老堂诗话》)。

或许是这样的缘故,欧阳修总是说自己喝得脸红脖子粗,却避开梅的弱点:

> 圣俞善吟哦,共嘲为阆仙。
> 惟予号达老,醉必如张颠。
> ——《书怀感事寄梅圣俞》

整整十九年之后,梅圣俞在宣城居父丧,想起当年获鱼奉亲,因而定交欧阳修,最初的情景仍历历在目,记忆犹新:

> 春风午桥上,始迎欧阳公。

我仆跪双鳜，言得石濑中。
持归奉慈姁，欣咏殊未工。
是时四三友，推尚以为雄。
于兹十九载，存没复西东。
我今淮上去，沙屿逢钓翁。
因之获二尾，其色与昔同。
钱将青丝绳，羹芼春畦菘。
公乎广陵来，值我号苍穹。
何为号苍穹，失怙哀无穷。
烹煎不暇饷，泣血语孤衷。
生平四海内，有始鲜能终。
唯公一荣悴，不愧古人风。

——《濄口得双鳜鱼怀永叔》

梅尧臣是个重情重义的汉子。

欧梅定交三十年，唱和、游宴、赏花、对谑之作不下二百首，除去梅晚景数年二人同为京官，其余大多异地书翰寄赠，几无停断。

年轻进取的朝气扑面而来：

谁道梅花早，残年岂是春。
何如艳风日，独自占芳辰。

——《和梅圣俞杏花》

也有秋日的雍容清闲：

> 洛城风日美，秋色满蘅皋。
> 谁同茂林下，扫叶酌松醪。
> ——《初秋普明寺竹林小饮饯梅圣俞分韵得亭皋木叶下绝句五首（其二）》（按，普明寺为白居易故宅也。）

大凡上林苑见樱桃、泛舟城隅、病中闻梅、得数尾鲫鱼之类赏玩与琐屑，亦赋咏往还，其乐无穷，洵视珍重，其情其景，感人至深。

> 昔日寻春地，今来感岁华。
> 人行已荒径，花发半枯槎。
> 高榭林端出，残阳水外斜。
> 聊持一樽酒，徙倚忆天涯。
> ——《春日独游上林院后亭见樱桃花奉寄希深圣俞仍酬递中见寄之什》

梅长欧五岁，梅于欧亦师亦友：

> 人皆喜诗翁，有酒谁肯一醉之。
> 嗟我独无酒，数往从翁何所为。
> 翁居南方我北走，世路离合安可期。
> ……
> 五年不见劳梦寐，三日始往何其迟。
> ……
> 与翁老矣会有几，当弃百事勤追随。
> ——《答圣俞》

嘉祐五年（1060）四月，五十九岁的梅圣俞在都官员外郎、国子监直讲、《唐书》编修官任上病故。欧阳修长歌恸哭：

> 昔逢诗老伊水头，青衫白马渡伊流。
> 滩声八节响石楼，坐中辞气凌清秋。
> 一饮百盏不言休，酒酣思逸语更遒。
> ……
> 三十年间如转眸，屈指十九归山丘。
> ……
> 翩然素旐归一舟，送子有泪流如沟。
>
> ——《哭圣俞》

治平二年（1065），也为五十九岁且已任参知政事的欧阳修，想起亡友圣俞仍思念深沉：

> 兴来笔力千钧劲，酒醒人间万事空。
> 苏梅二子今亡矣，索寞滁山一醉翁。
>
> ——《马上默诵圣俞诗有感》

一叫圣俞千回首，人去天高不为闻！

（三）曾是洛阳花下客

诗言志，歌咏言，词逞情。
宋词最见情性，欧阳修的词也不例外。
景祐三年（1036），天章阁待制范公仲淹以言事忤宰相，欧阳修为司谏高若讷所诮，被贬为夷陵县令。

次年，一向乐观开朗的欧阳修想起当年的洛阳，那个梦想起航的地方：

> 春风疑不到天涯，二月山城未见花。
> 残雪压枝犹有橘，冻雷惊笋欲抽芽。
> 夜闻归雁生乡思，病入新年感物华。
> 曾是洛阳花下客，野芳虽晚不须嗟。
> ——《戏答元珍》

乡思，洛阳便是吾乡。

乡里有梅圣俞的挚友深情，亦有胥氏夫人透入骨髓的亲情与爱恋。

更早的时光里，随州落第举子欧阳修心中满目疮痍，为实现"画荻教子"的慈母的心愿，二十二岁的欧阳只身于汉阳谒胥偃学士问学。

两年后登科，欧阳迎娶恩师胥公之女：

> 凤髻金泥带，龙纹玉掌梳。去来窗下笑相扶，爱道画眉深浅、入时无。
>
> 弄笔偎人久，描花试手初。等闲妨了绣功夫，笑问双鸳鸯字、怎生书。
> ——《南歌子》

"妆罢低声问夫婿，画眉深浅入时无。"（《近试上张籍水部》）唐人朱庆馀将干谒化作求仕试探，欧阳又如盐化水为夫妇昵语，温情款款。

明道二年（1033），胥夫人留下稚子而去，年仅十七岁。

这是他的第一段婚姻，也是一生中思念重叠如山的悼念。

欧阳修是个苦人，经历了太久的贫苦，罹遭夫人去世，满腔都是仓促而来的苦情：

> 夫君去我而何之乎？时节逝兮如波。昔共处兮堂上，忽独弃兮山阿。呜呼！人羡久生，生不可久，死其奈何！死不可复，惟可以哭。病予喉使不得哭兮，况欲施乎其他？愤既不得与声而俱发兮，独饮恨而悲歌。歌不成兮断绝，泪疾下兮滂沱。
>
> ——《述梦赋》

伟大的作家，不但予人力量与宏大、觉醒与思考，还有深情。

深情是天地之间的一抹红，感动并照亮无数人的夜空。

欧阳修于友人如梅圣俞、苏洵父子等的友情令人感动，于亡妻之深情更让人无比伤恸：

> 人生暂别客秦楚，尚欲泣泪相攀邀。
> 况兹一诀乃永已，独使幽梦恨蓬蒿。
> ……
> 忧从中来不自遣，强叩瓦缶何譊譊。
> 伊人达者尚乃尔，情之所钟况吾曹。
> 愁填胸中若山积，虽欲强饮如沃焦。
> 乃判自古英壮气，不有此恨如何消。

又闻浮屠说生死,灭没谓若梦幻泡。
前有万古后万世,其中一世独蚍蜉。
安得独洒一榻泪,欲助河水增滔滔。
古来此事无可奈,不如饮此尊中醪。

——《绿竹堂独饮》

足可与东坡"十年生死两茫茫"(《江城子·乙卯正月二十日夜记梦》)之深情相颉颃。

尊前拟把归期说,未语春容先惨咽。
人生自是有情痴,此恨不关风与月。
离歌且莫翻新阕,一曲能教肠寸结。
直须看尽洛城花,始共春风容易别。

——《玉楼春》

无论于友于妻,凡情至深处,自是令人动容,欧公无愧于天地人间。

八 长安破,少陵生

大唐玄宗天宝四载（745）秋，鲁郡（今山东兖州）一如往日的宁静。

在鲁郡任城（今山东济宁）家中闲居的李白，想起去年在洛阳新交的莫逆好友杜甫。

在长安的这三年，经受巨大心情跌宕的太白，"于任城县构酒楼，日与同志荒宴，客至，少有醒时"（李昉《太平广记》，注出孟棨《本事诗》）。

约子美来一叙如何？

两位中国文学史上最伟大的诗人再一次相逢。

不像去年二人与高适一起畅游梁宋那样怀古宴猎，论诗作赋，这次东鲁之会，除了登临思古外，还访友、修道、炼丹、畅叙友情：

李侯有佳句，往往似阴铿。

> 余亦东蒙客，怜君如弟兄。
> 醉眠秋共被，携手日同行。
> 更想幽期处，还寻北郭生。
> ——《与李十二白同寻范十隐居》

临别，杜甫赋诗《赠李白》：

> 秋来相顾尚飘蓬，未就丹砂愧葛洪。
> 痛饮狂歌空度日，飞扬跋扈为谁雄？

李白也还赠一首《鲁郡东石门送杜二甫》：

> 醉别复几日，登临遍池台。
> 何时石门路，重有金樽开？

之后，李白南下吴越，杜甫入了长安。
从此，江湖不复再见。

（一）委弃长安道，游荡公卿间

那时候，杜甫很瘦。
李白嘲谑小杜：

> 饭颗山头逢杜甫，顶戴笠子日卓午。
> 借问别来太瘦生？总为从前作诗苦。
> ——《戏赠杜甫》

李白一生自嘲有之（如《襄阳歌》"笑杀山翁醉似泥"），戏谑他人则绝少。

李白是视杜甫为知己的。

体形瘦弱之人，常常耐力极强，意志尤其坚定，能量也极恒定。

杜甫也偶尔自视一下自己的瘦弱，心情并不好：

至德二载（757）："所亲惊老瘦，辛苦贼中来。"[《喜达行在所三首（其一）》]

乾元二年（759）："久行见空巷，日瘦气惨凄。"（《无家别》）

甚至见瘦马也自伤：

> 东郊瘦马使我伤，骨骼硉兀如堵墙。
> 绊之欲动转欹侧，此岂有意仍腾骧。
>
> ——《瘦马行》

基本属于顾影自怜。

蒋兆和先生1959年作《杜甫像》，瘦而不弱的杜甫，眼里尽是人生苍凉。

于千万读者眼中，杜少陵永远清瘦，只会在清瘦中慢慢变老，但是在少陵胸中，是满满的牛斗乾坤。

天宝五载（746）春天，三十五岁的杜甫来到了长安城。

这是少陵第一次踏足西京。

自大唐建政起，长安作为首都已经将近一百三十年了。

早在高宗永徽三年（652），入京应举的前贤卢照邻就大肆描摹过长安的奢华和醉生梦死：

> 长安大道连狭斜，青牛白马七香车。
> 玉辇纵横过主第，金鞭络绎向侯家。
> 龙衔宝盖承朝日，凤吐流苏带晚霞。
> ……
> 北堂夜夜人如月，南陌朝朝骑似云。
> 南陌北堂连北里，五剧三条控三市。
>
> ——《长安古意》

二十四年后的仪凤元年（676），在长安当明堂主簿的骆宾王更加夸张：

> 山河千里国，城阙九重门。
> 不睹皇居壮，安知天子尊。
> 皇居帝里崤函谷，鹑野龙山侯甸服。
> 五纬连影集星躔，八水分流横地轴。
> 秦塞重关一百二，汉家离宫三十六。
> 桂殿嶔岑对玉楼，椒房窈窕连金屋。
> 三条九陌丽城隈，万户千门平旦开。
> 复道斜通鸡鹊观，交衢直指凤凰台。
> 剑履南宫入，簪缨北阙来。
> 声名冠寰宇，文物象昭回。
>
> ——《帝京篇》

就连见多识广的李太白也忍不住赞叹几句：

> 高楼入青天，下有白玉堂。
> 明月看欲堕，当窗悬清光。
>
> ——《拟古十二首（其二）》

> 朝入天苑中，谒帝蓬莱宫。
> 青山映辇道，碧树摇苍空。
>
> ——《效古二首（其一）》

> 天马白银鞍，亲承明主欢。
> 斗鸡金宫里，射雁碧云端。
> 堂上罗中贵，歌钟清夜阑。
>
> ——《送窦司马贬宜春》

壮则壮矣，盛则盛哉！

但京城的宏丽奢侈、繁华炯烂，似乎与杜甫无关，除却《天狗》《三大礼》等为谀颂而铺排的篇章外，十年京华烟云，十载长安锦绣，宫殿、城阙、山川、草木……杜甫笔下竟几无着墨。

杜甫很忙。

十年前的开元二十四年（736），杜甫在洛阳参加东都省试。

之前四年游吴越，之后四年齐赵游，中间抽空考了一下进士试：

> 归帆拂天姥，中岁贡旧乡。
>
> ——《壮游》

彼时的杜甫真是洒脱得没了边：

> 忤下考功第，独辞京尹堂。
> 放荡齐赵间，裘马颇清狂。
> 春歌丛台上，冬猎青丘旁。
> ——《壮游》

少年心性延展着开元盛世的豪情万丈，但不幸落了第。
落第算什么？八千里路云和月，才是完美的人生。
当年的李太白，不也是如此睥睨那劳什子科考嘛！

想上天堂吗？让他去大唐长安城！
想下地狱吗？让他去大唐长安城！
杜甫来到长安，少年贪玩心性大发：

> 今夕何夕岁云徂，更长烛明不可孤。
> 咸阳客舍一事无，相与博塞为欢娱。
> 冯陵大叫呼五白，袒跣不肯成枭卢。
> 英雄有时亦如此，邂逅岂即非良图。
> 君莫笑，刘毅从来布衣愿，家无儋石输百万。
> ——《今夕行》（原诗按：自齐赵西归至咸阳作）

一个人在旅店守岁的大年夜，躲避不了冷清。
孤寂就如远远传来的街更声般悠长，桌上那盏豆焰青灯拍打着自己孑然单薄的身影。
实在不同于往年东游西逛的逍遥日子。

同样是灯烛，两三年前的吴门夜宴是"检书烧烛短，看剑引杯长。诗罢闻吴咏，扁舟意不忘"（《夜宴左氏庄》）。

冷清是难熬的。找乐子呗！

博塞（唐代一种流行的赌博方式）是短时间内激发乐趣的最好办法。

这个名唤"樗蒲"的古老赌博游戏，最能"短平快"地催发赌场气氛。

不管输了赢了，人们都群情激昂，有秩序地混乱着：

三十五岁正值壮年的杜甫，口中高呼着取五白（类似骰子）掷点子，上蹦下跳，袒臂跣足，情绪热烈。

可掷出来的点数始终上不了枭（谓最高点）卢（谓次高点）。

"七龄咏凤皇"的杜甫显然输得透彻干净。

不怕小赌怡情，也不怕大赌伤身，就怕输不起被笑话了去。

别说输不起，当年高唱"六国多雄士，正始出风流"（《西池应诏赋诗》），少有大志的卫将军、开府仪同三司刘毅，不也大掷樗薄，一盘输掉数百万吗？

> 六博争雄好彩来，金盘一掷万人开。
> 丈夫赌命报天子，当斩胡头衣锦回。
> ——李白《送外甥郑灌从军三首（其一）》

四十三岁待诏翰林的李白不也曾经金盘一掷、豪情万丈吗？

自古英雄不气短，英雄的大落，只是为将来的大起"良图"而已。

这点小输小赢、小打小闹，于将来必有大前程之杜甫，算个什么！

天宝六载（747）的制科，奸相李林甫黜落全体考生的"野无遗贤"大荒唐，如一记猛棍，敲碎了"窃比稷与契"的杜甫的全部梦想：此路不通！

"取笑同学翁，浩歌弥激烈。"（《自京赴奉先县咏怀五百字》）这回真的是被取笑了。

不久，父亲杜闲去世，理想的破灭和日渐的贫穷向杜甫直直地砸了下来：

>微生沾忌刻，万事益酸辛。
>——《奉赠鲜于京兆二十韵》

三十六岁的杜甫口中喃喃，身形更弱成了一道瘦削的风。

天宝六载（747）的夏天，一个平常而无趣的夏天，杜甫走向苦难人间。

"致君尧舜上，再使风俗淳"（《奉赠韦左丞丈二十二韵》）的梦想，壮游中的万般豪情，在泥沙俱下中落了地，砸成了灰。

现实是最"骨感"的：

>受之于天兮，孰知群材之所不接。
>——《天狗赋》

纵然有天狗般耀眼的良秉天赋，也无人欣赏，怀才不遇、欲进无门。

杜甫扎扎实实尝到了现实的残酷、人间的苍凉。

好吧，虚与委蛇虽于心不甘，但在现实面前，英雄也不得不低眉。

说来，杜甫也算是幸运的，三十六岁才开始品尝人间苦痛。

当年，陈子昂虽早有官职文名，但三十四岁即坐逆党陷狱，九死一生：

> 特恕万死，赐以再生，身首获全，已是非分。
>
> ——《谢免罪表》

当年，骆宾王二十岁即已在长安四处奔波，尝尽冷暖：

> 少年重英侠，弱岁贱衣冠。
> 既托寰中赏，方承膝下欢。
>
> ——《畴昔篇》

当年，王勃二十岁被斥出长安，远贬巴蜀：

> 顿忘山岳，坎坷于唐尧之朝；傲想烟霞，憔悴于圣明之代。
>
> ——《夏日诸公见寻访诗序》

即便是李白，三十一岁也在长安四处碰壁："升沉应已定，不必问君平。"(《送友人入蜀》)浩叹"蜀道难,难于上青天"(《蜀道难》)。

杜甫即将面对的,却是最漫长、最跋扈的苦难。

在盛唐巅峰的喧闹中,杜甫开始滑向个人的苦难。

经历苦难当然是一个煎熬的过程。

科考无门,万不得已,杜甫转向寻求长安权贵的汲引——这是一条极易丢失尊严的屈辱道路。

杜甫一只脚迈上去,一走就是十年!

起先是攀附姻亲,憨憨的杜甫想,这应该是最有把握的:

> 有美生人杰,由来积德门。
> 汉朝丞相系,梁日帝王孙。
> 蕴藉为郎久,魁梧秉哲尊。
> 词华倾后辈,风雅蔼孤骞。
> 宅相荣姻戚,儿童惠讨论。
> 见知真自幼,谋拙丑诸昆。
> 漂荡云天阔,沉埋日月奔。
> 致君时已晚,怀古意空存。
> 中散山阳锻,愚公野谷村。
> 宁纡长者辙,归老任乾坤。
>
> ——《赠比部萧郎中十兄》

放低身段的阿谀,似乎并没有得到萧郎中的回应,表兄是靠不住的。

最亲近的亲戚,常常是最遥远的希望、最迫近的失望。

杜甫的目光转向在位的通家世交。希望是本无所谓有、无所谓无的，试试再说。

韦济，一个可称为天纵英才的可敬长者，在仅次于京兆尹的河南尹高位上。

说天纵英才，韦济开元初调鄄城令，玄宗廷问安人策，他在二百人中荣获第一名的好成绩，"[韦]济文雅，颇能修饰政事，所至有治称"（宋祁、欧阳修《新唐书·韦济传》）。中书舍人孙逖拟诏说他："衣冠吉士，文雅清才。"（《授韦济户部侍郎制》）

说可敬长者，韦济祖父韦思谦、伯父韦承庆、父韦嗣立，父子三人，皆至宰相，居官刚正，代为缙绅楷模。

杜甫祖父杜审言与承庆、嗣立兄弟同官武后朝，当有通家世交之谊。

河南尹韦济听说杜审言后人杜甫在洛阳偃师有故庐，屡次造访。

韦氏家风，果然不负令名。

身羁长安的杜甫，感动溢于言表：

> 有客传河尹，逢人问孔融。
> 青囊仍隐逸，章甫尚西东。
> 鼎食分门户，词场继国风。
> 尊荣瞻地绝，疏放忆途穷。
> 浊酒寻陶令，丹砂访葛洪。
> 江湖漂短褐，霜雪满飞蓬。
> 牢落乾坤大，周流道术空。
> 谬惭知蓟子，真怯笑扬雄。
> 盘错神明惧，讴歌德义丰。

> 尸乡余土室，难说祝鸡翁。
> ——《奉寄河南韦尹丈人》（按，原诗序：甫敝庐在偃师，承韦公频有访问，故有下句）

被尊为丈人的韦济，成了子侄辈后生杜甫心中的一束光。

天宝十一载（752），杜甫在洛阳，向升任尚书左丞的韦济辞别时，作《奉赠韦左丞丈二十二韵》。

与其说是寻求提掖，不如说是向这位令人尊敬的长者掏心窝子：

> 纨绔不饿死，儒冠多误身。
> 丈人试静听，贱子请具陈。
> 甫昔少年日，早充观国宾。
> 读书破万卷，下笔如有神。
> ……
> 致君尧舜上，再使风俗淳。
> 此意竟萧条，行歌非隐沦。
> 骑驴三十载，旅食京华春。
> 朝扣富儿门，暮随肥马尘。
> 残杯与冷炙，到处潜悲辛。
> 主上顷见征，欻然欲求伸。
> 青冥却垂翅，蹭蹬无纵鳞。
> 甚愧丈人厚，甚知丈人真。
> ……
> 焉能心怏怏，只是走踆踆。
> 今欲东入海，即将西去秦。

尚怜终南山，回首清渭滨。
常拟报一饭，况怀辞大臣。
白鸥没浩荡，万里谁能驯？

梦想、希望、自高、沉沦、窘迫、自怜、执着，凡诸心迹，一一具陈。

少年瞭望，青年狂妄，中年蹭蹬，以及不可熄灭的如白鸥般展翅翱翔的意志与憧憬。

真挚的杜甫向宽厚慈祥的韦济敞开心扉，也向世人全景展现伟大的诗情。

汝阳王李琎，一个锦衣玉食的皇家公子，一个喜怒随心的性情中人，又难得"好学尚贞烈，义形必沾巾"（《八哀诗·赠太子太师汝阳郡王琎》），是杜甫倾慕的贵人。

杜甫外祖父的母亲，是高祖李渊第十八子舒王李元名的女儿："神尧十八子，十七王其门。道国［道王元庆］洎舒国［舒王元名］，实惟亲弟昆。中外贵贱殊，余亦忝诸孙。"（《别李义》）杜甫是舒王元名外孙之外孙。

太宗第十子纪王李慎次子义阳王李琮，是杜甫外祖母李氏之父。

李琎，睿宗长子让皇帝宁王李宪长子。玄宗诛太平公主，本可继睿宗帝位的李宪，主动让帝位于玄宗。玄宗感念宁王，也优待李琎，改封李琎汝阳王。

牵强起来，杜甫就远远地沾了丁点儿皇室姻亲关系，绕得很。

天宝五载（746），杜甫入长安，朋友圈里就有了李琎，起因就是汝阳王喜纳贤士。

杜甫拉开架势,送汝阳王一首很长的诗《赠特进汝阳王二十韵》:

> 特进群公表,天人凤德升。
> 霜蹄千里骏,风翮九霄鹏。

汝阳王凤德高洁,堪为群公表率,如一匹千里马奋蹄驰骋,像一只大鹏凌风翱翔。

对德、位皆高之人的恭维,属于礼节性赞美,大家听了都比较舒服。

> 学业醇儒富,辞华哲匠能。
> 笔飞鸾耸立,章罢凤骞腾。

"好学尚贞烈"的汝阳王担得起这美誉。

> 精理通谈笑,忘形向友朋。
> 寸长堪缱绻,一诺岂骄矜。

朋友相交,贵在相契。真诚相待,一诺千金,方可至交。

> 鸿宝宁全秘,丹梯庶可凌。
> 淮王门有客,终不愧孙登。

谢灵运说:"躐步陵丹梯,并坐侍君子。"(《拟魏太子邺中集诗·阮瑀》）又化用嵇康从游孙登事，水到渠成。

通篇是平交王侯的意愿，这是还没有遭受人生锻打的本真与直率。

说起来，杜甫也算是诗书传家，祖上有威名之人。

和李白"意轻千金赠，顾向平原笑。吾亦澹荡人，拂衣可同调"[《古风五十九首（其十）》]一个思路：平等、尊重、相互欣赏，方可为琴瑟相谐的同道。

从一个到八个，杜甫将丰满的友情和人生理想的快意推上了巅峰：《饮中八仙歌》。

（二）饮中有八仙

知章骑马似乘船，眼花落井水底眠。
汝阳三斗始朝天，道逢麹车口流涎，恨不移封向酒泉。
左相日兴费万钱，饮如长鲸吸百川，衔杯乐圣称世贤。
宗之潇洒美少年，举觞白眼望青天，皎如玉树临风前。
苏晋长斋绣佛前，醉中往往爱逃禅。
李白一斗诗百篇，长安市上酒家眠。
天子呼来不上船，自称臣是酒中仙。
张旭三杯草圣传，脱帽露顶王公前，挥毫落纸如云烟。
焦遂五斗方卓然，高谈雄辩惊四筵。

——《饮中八仙歌》

这世上总有一些人，身上有熹微的光，将人们前行的道路照亮；这世上还有一些人，心中有伟岸的芒，在人们颠簸的肩头绽放。

出生于江南水乡的贺秘监,是惯于稳坐柳叶般轻曳的乌篷船上的,恐骑在颠颤的马背反而不易。

老秘监八十多岁那会儿,有一天喝醉了,就写诗,堪堪一套组诗毕,转头问随从:"写了几张纸了?"随从答:"写十幅了。""乃书告老,乞归乡里。"(李冗《独异志》)

为何写十幅竟起告老还乡之意?

《独异志补佚》揭示答案:"乘醉赋诗,问左右曰:'纸多少?'纸尽诗穷。"

"纸尽诗穷",算不算穷途末路?是不是"水底眠"的另类暗合?

从一汪井水看见井底,酩酊大醉之人做不到,但神仙可以。

四明狂客离京,时年天宝三载(744),杜甫无由得见一面。

正史说李琎"眉宇秀整,性谨洁"(宋祁、欧阳修《新唐书》)。野史就夸张了许多:"姿容妍美,秀出藩邸。"(南卓《羯鼓录》)与"仪范伟丽,有非常之表"(刘昫等《旧唐书》)的玄宗相较,风格不一样。

玄宗看李琎长得漂亮,夸奖他:"花奴(琎小字)姿质明莹,肌发光细,非人间人,必神仙谪堕也。"(南卓《羯鼓录》)

这是除李白外,唐代的又一个谪仙人。

靠的却是外貌。

杜甫也说过:

> 汝阳让帝子，眉宇真天人。
> 虬髯似太宗，色映塞外春。
> ——《八哀诗·赠太子太师汝阳郡王琎》

杜甫眼中的这位大神，外表里似乎掺和了点什么：

> 服礼求毫发，惟忠忘寝兴。
> ——《赠特进汝阳王二十韵》

这味道就足了。

李琎爱酒，自不可疑，"移封向酒泉"（《饮中八仙歌》），毫不违和。

毕竟连阮步兵、姚馥（按，本诗典故，姚馥因爱酒求为酒泉太守）都因酒求官。

《清异录》说："汝阳王琎家有酒法，号《甘露经》，四方风俗、诸家材料，莫不备具。"

但真的是那个"自称酿王兼麴部尚书"（冯贽《云仙杂记》）的汝阳王李琎吗？

杜甫说他："瓢饮唯三径，岩栖在百层。且持蠡测海，况挹酒如渑。"（《赠特进汝阳王二十韵》）

仇兆鳌就这样注："蠡测海，王德之深。酒如渑，王恩之渥。"（《杜诗详注》）

左相李适之，是一个性格疏狂的王公，又是贵胄们行事的风向标。

祖父是太宗朝被黜太子李承乾，李适之的事业几乎是从零起步，但走过的仕历，竟如醉酒般梦幻："李适之入仕，不历丞簿，便为别驾；不历两畿官，便为京兆尹；不历御史及中丞，便为大夫；不历两省给舍，便为宰相；不历刺史，便为节度使。"（李冗《独异志》）

天赋异禀的人，用的是另一套生活逻辑。

爱酒，善饮，斗酒不乱。"如长鲸吸百川"（《饮中八仙歌》）是诗家的浪漫和仰望。

> 李适之性简率，不务苛细，人吏便之。雅好宾客，饮酒一斗不乱，延接宾朋，昼决公务，庭无留事。
> ——刘肃《大唐新语》

适之自然也有贵族的恣意和精致，他把珍藏的酒器分为九品：蓬莱盏、海川螺、舞仙盏、瓠子卮、幔卷荷、金蕉叶、玉蟾儿、醉刘伶、东溟样。

蓬莱盏中有仙山的三岛，注酒没山而饮。舞仙盏中有机关，酒注满了，就有仙子逸出跳舞。

握蓬莱、掌机关者，自然是神仙了。

好饮之人多好客，善饮之人多疏狂，极饮之人多误身。

天宝五载（746），遭右相李林甫构陷，适之罢左相。

适之反而欢天喜地地聚集众亲友大撮了一顿，并红着脖子赋诗一首：

> 避贤初罢相，乐圣且衔杯。
> 为问门前客，今朝几个来？
> ——《罢相作》

这不是"欢会",是"疏直坦夷"的李适之排遣的巨大无奈和失望。

天宝六载(747)七月,李适之在被贬的宜春郡仰药自杀。

与贺知章游于人间的,是张旭。

两人有一个奇特的共同之处:清醒时与沉醉时判若两人。

[知章]醉必作为文词,初不经意,卒然便就,行草相间,时及于怪逸,尤见真率。往往自以为奇,使醒而复书,未必尔也。

——《宣和书谱》

旭饮酒辄草书,挥笔而大叫,以头揾水墨中而书之,天下呼为"张颠"。醒后自视,以为神异,不可复得。

——李肇《国史补》

醉时神助,醒时如常,咋如此相契?

张旭早年做苏州常熟尉,是刚刚释褐(进士及第)时候的事情。

《幽闲鼓吹》讲了个小故事:有一老人家写一状,请张旭判。旭判后,过几日老人家又来了。张旭恼火:"不是已经结案了吗?"老人说:"我不是来找事,就是想来看看您写字的奇妙,实在珍贵得很。"

张旭事迹,诸史渺而不见。《云仙杂记》说:"张旭醉后唱《竹枝曲》,反复必至九回乃止。"

一个人反复吟唱同一支歌,心里一定有故事,只说给自己听的那种。

张旭存世有绝句十首,诸如:

> 旅人倚征棹,薄暮起劳歌。
> 笑揽清溪月,清辉不厌多。
>
> ——《清溪泛舟》

都是轻描淡写、水中化盐的闲散文字。

到底有什么心结解不开?

李颀透露了一点点:

> 微禄心不屑,放神于八纮。
> 时人不识者,即是安期生。
>
> ——《赠张旭》

有点贺知章老放时的心境。

杜甫在张旭去世后说了一句模棱两可的话:"俊拔为之主,暮年思转极。……念昔挥毫端,不独观酒德。"(《殿中杨监见示张旭草书图》)

李白可能更懂这位"盛唐三绝"之一的台兄:"楚人每道张旭奇,心藏风云世莫知。"(《猛虎行》)

到底"世莫知"的是什么呢?

这世上大多数人都在这平行空间中讨生活,真正看清这花花世界底下的激流涌动的,只有神仙。

（三）梦碎长安城

天宝十一载（752）暮春，身心疲倦的杜甫在长安有点过不下去了。

长安是有钱有势的人的长安。后来人说过，长安米贵，居大不易。

回东都老家前，杜甫向至交亲朋道别：

> 朝扣富儿门，暮随肥马尘。
> 残杯与冷炙，到处潜悲辛。
> ——《奉赠韦左丞丈二十二韵》

距初入长安忽忽已经七年，太难了，收获的只是老大徒伤悲。

且休整一下。三年前回了趟洛阳，再回来不是好转了吗？

富人在现实中驰骋，穷人大多活在希望中。

张垍，太常卿，翰林学士，前宰相张说之子，又是当朝驸马，手眼通天的一等一人物。

杜甫干谒作《赠翰林张四学士》：

> 翰林逼华盖，鲸力破沧溟。
> 天上张公子，宫中汉客星。
> 赋诗拾翠殿，佐酒望云亭。
> 紫诰仍兼绾，黄麻似六经。

与其父光明磊落不同，张垍活脱脱一小人，后来投诚安禄山为伪中书令。李白供奉翰林，也是此公作梗搬弄："［玄宗］许［李白］中书舍人，以张垍谗逐，游海岱间。"（魏颢《李翰林集序》）

此一过节，杜甫不会不知道。

京兆尹鲜于仲通，初附奸相杨国忠为爪牙，杜甫小心探问：

> 微生沾忌刻，万事益酸辛。
> 交合丹青地，恩倾雨露辰。
> 有儒愁饿死，早晚报平津。
> ——《奉赠鲜于京兆二十韵》

"平津"即指扬国忠。

还曾赠赞哥舒翰：

> 今代麒麟阁，何人第一功。
> 君王自神武，驾驭必英雄。
> 开府当朝杰，论兵迈古风。
> ……
> 未为珠履客，已见白头翁。
> 壮节初题柱，生涯独转蓬。
> 几年春草歇，今日暮途穷。
> ——《投赠哥舒开府翰二十韵》

孱弱卑微的杜甫已经没有选择，生存大计残酷地横亘在眼前：

> 君不见才士汲引难，恐惧弃捐忍羁旅。
> ——《白丝行》

> 翻手作云覆手雨，纷纷轻薄何须数。
> 君不见管鲍贫时交，此道今人弃如土。
> ——《贫交行》

当一连串投赠渴求汲引的希望都成了泡影，唯有最后一条路最为狭窄，也是最不存念想的法子：投延恩匦，直接向皇帝投石问路。

"三大礼赋"应运而生。

好歹上天拨了一束细细的光，照在已经穷途末路的诗人身上。

> 天宝十三载，玄宗朝献太清宫，飨庙及郊，甫奏赋三篇。帝奇之，使待制集贤院，命宰相试文章。
> ——宋祁、欧阳修《新唐书·杜甫传》

梦想还是要有的，万一实现了呢！一千多年后，人们还是这样的口风。

> 男儿生无所成头皓白，牙齿欲落真可惜。
> 忆献三赋蓬莱宫，自怪一日声烜赫。
> 集贤学士如堵墙，观我落笔中书堂。
> 往时文采动人主，此日饥寒趋路旁。
> 晚将末契托年少，当面输心背面笑。

> 寄谢悠悠世上儿，不争好恶莫相疑。
>
> ——《莫相疑行》

这是杜甫的长安岁月中的曙光时刻，时在天宝十三载（754）冬。

宽敞明亮的大内中书堂，一袭单衣的中年男子，被一群学识渊博、妙笔生花的集贤殿学士包围着，手起笔落，从容赋文。

未出一刻，一篇壮丽得无以复加的宏文，在洁白的麻桑宣纸上诞生。

往日的狼狈、饥寒、困窘，一挥而去。

除了雷鸣般的喝彩，更有久违的尊严、旁若无人的自豪！

这就是少年时渴望的"致君尧舜上，再使风俗淳"（《奉赠韦左丞丈二十二韵》）吗？

杜待制想多了。

就如当年李白待诏翰林与实授翰林有云泥之别。

好在天宝十四载（755）十月终于等来了实授："擢河西尉，不拜，改右卫率府胄曹参军。"（宋祁、欧阳修《新唐书·杜甫传》）

一个从八品的微官。

> 不作河西尉，凄凉为折腰。
> 老夫怕趋走，率府且逍遥。
> 耽酒须微禄，狂歌托圣朝。
> 故山归兴尽，回首向风飙。
>
> ——《官定后戏赠》

当年的阮步兵，只为了"厨多美酒，营人善酿酒"而"求为校尉"，阮籍终只是阮籍，"遂纵酒昏酣，遗落世事"（《三国志·阮籍》）。

如果杜参军只为了逍遥的率府"耽酒须微禄"，杜参军终究只是杜参军了。

但杜参军不是。

（四）长安破，少陵生

天宝十四载（755）十一月，安史之乱在所有人的惊愕中爆发。

刹那间，长安风雨飘摇。

强盛的大唐，竟如此不堪一击。

在这个风云际会的大时代，有的人注定沉沦，有的人则注定永生。

独自奔赴奉先（今陕西蒲城）新家，杜甫载行载奔，边走边唱，目之所及，心之所思，汇成《自京赴奉先县咏怀五百字》：

> 赐浴皆长缨，与宴非短褐。
> 彤庭所分帛，本自寒女出。
> 鞭挞其夫家，聚敛贡城阙。
> 圣人筐篚恩，实欲邦国活。
> 臣如忽至理，君岂弃此物。
> 多士盈朝廷，仁者宜战栗。
> 况闻内金盘，尽在卫霍室。

……
朱门酒肉臭,路有冻死骨。
荣枯咫尺异,惆怅难再述。
……
谁能久不顾?庶往共饥渴。
入门闻号咷,幼子饥已卒。
吾宁舍一哀,里巷亦呜咽。
所愧为人父,无食致夭折。
岂知秋禾登,贫窭有仓卒。
生常免租税,名不隶征伐。
抚迹犹酸辛,平人固骚屑。
默思失业徒,因念远戍卒。
忧端齐终南,澒洞不可掇。

  出色的作家有优异的话语表达:"赐浴皆长缨,与宴非短褐。"

  优秀的作家鞭辟入里,言他人所不能言:"彤庭所分帛,本自寒女出。"

  了不起的作家能真知灼见迭出,洞察世间本质:"多士盈朝廷,仁者宜战栗。"

  伟大的作家心里装着人民,欣喜着人民的快乐,悲伤着人民的苦痛:"朱门酒肉臭,路有冻死骨。"

  永恒的作家由一己之痛而及人间,而及苍生,而及未来:"吾宁舍一哀,里巷亦呜咽。""默思失业徒,因念远戍卒。忧端齐终南,澒洞不可掇。"

  然后,有伟大的《春望》、"三吏"、"三别";然后,有伟大的《茅屋为秋风所破歌》；然后，有沅湘岸边那承载千年孤寂与万年苦难的一叶扁舟；然后，有伟大的诗情、伟岸的人生。

这伟大的悲悯，与人间共呼吸，与苍生共命运，与未来共短长。

长安一破，伟大的永恒的杜甫生！

九

万里桥边女校书

大唐乾元三年（760）春，整个锦官城百花齐放，繁花似锦。

成都西郭外，一个叫百花潭或者唤作浣花溪的优美宁静的所在，蜻蜓翻飞，鸂鶒沉浮。

知天命之年的杜甫，终于在友人成都尹、剑南西川节度使裴冕的帮助下，向萧实、韦续等一帮子明府少府借来果栽瓷碗。建起了那幢后来被秋风吹破的著名的茅屋——杜甫草堂。

> 浣花流水水西头，主人为卜林塘幽。
> 已知出郭少尘事，更有澄江销客愁。
> 无数蜻蜓齐上下，一双鸂鶒对沉浮。
> 东行万里堪乘兴，须向山阴上小舟。
>
> ——《卜居》

约三十年后的贞元五年（789），一个二十岁的年轻女子也来到城西浣花溪。

形单影只，结庐而隐，枇杷花绕门。

那个女子，名唤薛涛。

（一）扫眉才子

人世间真有这么巧的事。

大历五年（770），萧瑟的长江上，漂泊于潭、岳间的小舟中，病入膏肓的老杜走完沉郁凄惶的一生。

而在长安的某个角落，一个注定为贞元、元和间的诗坛带来一缕清风的小女孩诞生。[按，薛涛生年，张篷舟《薛涛年表》作代宗大历五年（770），刘天文《薛涛生年考辨》考薛涛生于德宗建中二年（781）。此暂从张篷舟说。]

这当然不是什么巧合，芸芸众生中的无因无相而已。

比如，日后显名的诗人李端、顾少连、裴佶等人，此时正在曲江边戴花骑马，踌躇满志地享受着进士及第后的满城艳羡。

小女孩的父亲到成都任职，全家人自然都跟着去了。

一个没办法求证的故事：

那是小女孩八九岁光景时的事。瞧着院子里一棵直插云霄的梧桐树，父亲薛郧就指着梧桐，有意无意地吟了一句诗：

庭除一古桐，耸干入云中。

八九岁的女孩儿,似懂非懂的年纪,正是父亲的掌中宝、心头肉。

小女孩粗通声律,就接了下来:

枝迎南北鸟,叶送往来风。

——《井梧吟》

一迎一送,做父亲的心中一惊。

古人对自家娃稚童时期的聪颖表现尤其敏感,常常将其作为判断孩子将来长大是否有作为,以及潜力高低的标准和象征。

唐人将这种自信写在脸上。

比如太宗长孙皇后少时喜图传,其大伯父长孙炽对其父长孙晟说:"此明睿人,必有奇子,不可以不图昏。"(宋祁、欧阳修《新唐书·后妃上》)

李白高调自负:"五岁诵六甲,十岁观百家。"(《上安州裴长史书》)

杜甫幼时也十分了得:"七龄思即壮,开口咏凤皇。"(《壮游》)

薛涛的这句联语,后来果然一语成谶,既是命运,也关才情。

少女薛涛是一株锦江畔亭亭玉立的兰花,正是玩耍、幻想和易生莫名愁绪的年纪:

水荇斜牵绿藻浮,柳丝和叶卧清流。

> 何时得向溪头赏，旋摘菱花旋泛舟。
> ——《菱荇沼》

她爱水面上漂浮的水荇和相互牵系的浮藻，她爱这满满的青春的绿色，她爱带着叶片融入水流的抒情的柳丝，她爱着这凡间的世界和这世界里温煦的暮春时光，明朗并清亮着。

但世事难料，父亲早逝。

生活的凌厉很快向这对寡母孤女俯冲过来，将她们扔向这天府之国的茫茫人间：

> 猎蕙微风远，飘弦唳一声。
> 林梢鸣淅沥，松径夜凄清。
> ——《风》

（按：薛涛诗作留存无多，且难以编年，其情感与经历也过于简略。在无法确证的情况下，本文更多依常情揣度与想象，读者谅之。）

少女薛涛叹口气，走向不远处的西川节度府，或许自己的才情在那里能讨得一口饭吃。

这个世界里，大多数人的生活本就不堪。好在这里是大唐的天下，四面八方的人们，心中有远方，有澎湃的诗情。

那一年（贞元元年，785），十六岁多才多艺的薛涛，走进六月刚拜西川节度使的韦皋的成都尹府第。

说起来，韦皋的经历也足够传奇。《云溪友议》说，当年张延赏为相，选婿皆不如意，宰相的女儿也愁嫁。延赏夫人是故相苗晋卿女，慧眼识英雄，一眼就瞅中了韦皋秀才："此人之贵，无与比俦。"即以女妻之，想来张家主事的是苗夫人。

最初几年，韦郎四处游荡，无所事事。老爷子有些后悔，一帮仆婢也开始嘲笑他。夫人张氏垂泪："韦郎七尺之躯，学兼文武，岂有沉滞儿家，为尊卑见诮？良时胜境，何忍虚掷乎！"将嫁妆尽出，让韦郎出去找出头的机会。

几经周折，韦郎得德宗赏识。

这个时候，老岳丈张延赏正在成都剑南西川节度使任上，据说朝廷派了一个名叫韩翃的人代之，苗夫人一听："必是韦郎也。"

待韩翃节度使到任，果然是女婿韦皋。

苗夫人这回扬眉吐气了："韦郎比虽贫贱，气凌霄汉。每以相公所消，未尝一言屈媚，因而见尤。成事立功，必此人也！"

苗夫人着实女中翘楚。

张延赏听说了，就要动手把自己眼睛挖掉，来惩罚自己不识人。《续玄怪录》说得过头了。

娶一贤妇，三代皆富，不是说说的。苗夫人培养了一个宰相儿子，发掘了一个宰相女婿，李肇《国史补》盛赞她："近代衣冠妇人之贵，无如此者。"

韦皋没走过科第，在唐朝算是粗人，倒也有诗存世数首，"舟浮十里芰荷香，歌发一声山水绿"（《天池晚棹》）之类，算不得工整。

野史记载的一件事倒十分感人。韦皋早年贫乏，住在江夏表兄姜辅家，姜家有小青衣名玉箫，韦皋与其日久生情，皋以一手环相赠，相约七年后来娶。到第八年春，玉箫不见韦郎来，绝食而殒。

韦皋镇蜀日，访得其事本末，作《忆玉箫》诗：

> 黄雀衔来已数春，别时留解赠佳人。
> 长江不见鱼书至，为遣相思梦入秦。

事还没完。玉箫殉情，"韦公闻之，益增凄叹，广修经像，以报夙心"，托祖山人以少翁之术，与玉箫相见。玉箫见面就说："旬日便当托生。却后十二年，再为侍妾，以谢鸿恩。"

果然十二年后，东川节度使所献歌姬名字竟唤作玉箫，而相貌和先前的玉箫一模一样。中指肉隐起，也如当年留赠的玉环。(范摅《云溪友议》)

故事自然荒诞不经，玉箫报的哪门子恩？该罪责的，是韦皋的负约寡情。

要知道，即使在大唐，下层女子也悲苦凄怆、地位卑下。

薛涛也如是。

尴尬的家境、清丽的才情，加上心底里知识人的自尊，薛涛需要一个既能实现温饱，又可展现才华的高端平台。

毕竟节度府里有司空曙、段文昌、裴说、钱徽等一干才士幕僚。

韦相公于薛涛，心底里是尊重的。

永贞元年（805），为刘辟西川幕参谋的一个叫符载的文士，写了篇长长的《剑南西川幕府诸公写真赞（并序）》，将当年韦皋西川幕里一干"四方文行忠信豪迈倜傥之士"捋了一遍，比如：

韦皋："虚中下体，爱敬士大夫。"

司空曙："玉气凝润，鹤情超辽。文烛翰苑，德成士标。"

张芬："佩服五常，翱翔六艺。储和养正，含器经世。"

裴说："道以义见，文由雅作。彰善绳僭，谠言无怍。"

符载的公文写得花哨，不过，他和司空曙、裴说一样，都是进士及第，在曲江边戴过大红花游过街的，都不简单。裴说还善鼓琴，时称妙绝。

还有后来的段文昌，倜傥有气义。长庆元年（821）代王播充剑南西川节度，大和六年（832）再领节帅，了不起得很。

节度使韦皋认可了薛涛，让她留下来，入了乐籍。

薛涛入了这个伙，也不枉了这西蜀文华、天府诗国。

只是对于十六岁的薛涛而言，一个如此年华和家境的少女，纵有才华，不堪、卑微和事实的不平等，也让她这朵美丽的花儿低下了头：

陇西独自一孤身，飞去飞来上锦茵。
都缘出语无方便，不得笼中再唤人。

——《十离诗·鹦鹉离笼》

少年身孤，已是命运惨怛，何况还是寄身千里之外，如浮萍般无根无绊的女儿家。

古人创作善于代言，以男性口吻代女性遣词达意，李太白《长相思》、朱庆馀《近试上张水部》云云。

不过，只是代替说话而已，男人永远走不进女人的内心，就如天下没有一个男性诗人能写出蔡琰的《胡笳十八拍》一样。

薛涛用了民歌的调，唱着婉曲幽怨的歌子：

> 出入朱门未忍抛，主人常爱语交交。
> 衔泥秽污珊瑚枕，不得梁间更垒巢。
> ——《十离诗·燕离巢》

> 驯扰朱门四五年，毛香足净主人怜。
> 无端咬著亲情客，不得红丝毯上眠。
> ——《十离诗·犬离主》

悲情和怜悯，是下层人的处境。

没有人天生愿意这样，出身就是命运，年少的薛涛更没法逃脱。

要摆脱这些，除了必要的牺牲，别无他法。

但骨子里的倔强是坚韧的，无法改变，比如尊严、平等和忧伤。

毕竟少年心性，桀骜和落拓中流露出的坚强，是正在经历艰难的薛涛的棱角：

> 雪耳红毛浅碧蹄，追风曾到日东西。
> 为惊玉貌郎君坠，不得华轩更一嘶。
> ——《十离诗·马离厩》

> 爪利如锋眼似铃，平原捉兔称高情。
> 无端窜向青云外，不得君王臂上擎。
> ——《十离诗·鹰离鞲》

明末批评家胡震亨道出薛涛的独特气质："［薛］工绝句，无雌声，自寿者相。"(《唐音癸签》)。

不独《十离诗》，薛涛的笔下，薛涛的心中，有草木游鱼，有春花秋泉，更有江山，有百姓，有国的繁盛，有民的悲欢。

后来到元和初，才子王建（仲初）不吝赞赏已经脱了乐籍的薛涛：

万里桥边女校书，枇杷花里闭门居。
扫眉才子知多少，管领春风总不如。

——《寄蜀中薛涛校书》

（二）女中君子

段成式家有门吏江东人陆畅，是一书生，说话不大利索，品行也稍有缺。他听说"南康韦皋太尉镇蜀，延接宾客，远近慕义，游蜀者甚多"（裴铏《传奇》），就去想碰碰运气。

韦皋问："秀才会什么？"陆畅灵机一动：李太白当年写过一首批评剑南节度使严武的《蜀道难》，我何不反其道而行之？

就做了一首《蜀道易》，首句是：

蜀道易，易于履平地。

这是一着险棋，没想韦大人竟"大喜，赠罗八百匹"（韦绚《刘宾客嘉话录》）。

可见，韦皋要么好大喜功，要么真没文化。

段成式还讲过一则趣事：陆畅曾娶故相董晋孙女，也就是董溪的女儿为妻。董家奢侈，每天早起，有多个家婢伺候陆畅洗漱。她们手里捧着水盆，另有银盒盛着藻豆（类似今天的肥皂）。陆畅不识，就用水和着藻豆给吃了（段成式《酉阳杂俎》）。

史书上说，韦皋在西川二十一年，喜欢打仗（吐蕃、南诏），征重税，喜被人吹捧，文化水平不高但极好附文雅。

想想，薛涛年轻涉世浅，小姑娘自尊心强，显然趋附阿谀怕是大多做不来，这恐怕就是后来被韦皋罚边松州（今四川松潘）的缘故：

> 按辔岭头寒复寒，微风细雨彻心肝。
> 但得放儿归舍去，山水屏风永不看。
> ——《罚赴边上武相公二首（其二）》

开元宰相宋璟将《尚书·无逸》立为山水图（屏风），玄宗将这屏风当成座右箴规，每天对着它反思，励精图治。

才不过十几岁的小女孩子，在被罚的路上，为自己的任性致歉，并遭受着外放的惩罚，还要表决心、献忠心。

> 闻道边城苦，今来到始知。
> 羞将门下曲，唱与陇头儿。
>
> 黠虏犹违命，烽烟直北愁。

却教严谴妾，不敢向松州。

——《罚赴边有怀上韦令公二首》

诗歌从一个卑微的小女子被逐，放大、延伸到底层百姓（黠虏）受到的苦难和不公，期望地方官吏能体谅普通百姓的辛酸（边城苦），善待他们。

王建说她是"扫眉才子"，的确非虚言。

薛涛作为一个女子，虽地位低微，但内心已胜过多少凡琐须眉！

也许是因为失望，或者是悲伤，二十岁的薛涛于获释后脱乐籍，离开节度府，独自来到成都城西浣花溪畔。

结庐而隐。

"枇杷花里闭门居"，独守一片宁静。

往后的日子，薛涛信奉着自己的信仰，打点着属于自己的精致时光。

依然唱和赋咏，有故交，有新友，有情感，也有对社会的责任与希望。

岁月无痕，心中有光。

元和元年（806），高崇文（高骈之父）讨平自立为西川留后的刘辟之叛乱。

一阵因叛乱造成的百姓灾难过去，薛涛欣喜异常：

惊看天地白荒荒，瞥见青山旧夕阳。
始信大威能照映，由来日月借生光。

——《贼平后上高相公》

本可心如止水，了无牵挂；
本可置身事外，淡看人间。

一个深居简出近乎方外之人的女子，在平静的栖息中，竟然内心牵系百姓。

与这座城池共呼吸，与身边的草木同患难。

她忧乱世中白荒荒的大地、青山夕阳；她喜国威昌盛，剪灭祸端；她望官家百姓，国泰民安。

千里天府之国，蜀地江山，站着一个与民共难同欢的茕茕孑立的弱女子薛涛！

武元衡是以平章事的身份入蜀为西川节度使的，和后来的段文昌一样，都是宰相节镇。

这是西蜀的巨大荣誉，也是成都的重大责任。

元和二年（807）十月，"眷兹西南，忧寄方切"（《授武元衡西川节度使制》）的临淮公武相任命下达，"将行，上御安福门慰劳之"（刘昫等《旧唐书》）。

队伍到达嘉陵驿（今四川广元西），武相描绘了初入蜀都的心情：

悠悠风旆绕山川，山驿空濛雨似烟。
路半嘉陵头已白，蜀门西更上青天。

——《题嘉陵驿》

此时年纪正好半百的武元衡，正处于人生巅峰，踌躇满志。

薛涛听说名相武元衡亲自镇蜀，喜出望外，充满期待：

> 蜀门西更上青天，强为公歌《蜀国弦》。
> 卓氏长卿称士女，锦江玉垒献山川。
> ——《续嘉陵驿诗献武相国》

借武元衡诗末句为首，是对远方来客的尊重和敬意；借蜀地本土民歌《蜀国弦》，是最诚挚的欢迎。

《蜀国弦》是梁简文帝萧纲的乐府名作，写的是蜀地风土，唱的是西川风情：

> 铜梁指斜谷，剑道望中区。
> 通星上分野，作固下为都。
> 雅歌因良宋，妙舞自巴渝。
> 阳城嬉乐所，剑骑郁相趋。
> 五妇行难至，百两好游娱。
> 牲祈望帝祀，酒酹蜀侯姝。
> 江妃纳重聘，卓女爱将雏。
> 停弦时系爪，息吹更治朱。
> 春衫湔锦浪，回扇避阳乌。
> 闻君握节返，贱妾下城隅。

借长卿、文君故实，托起西蜀千年风韵，也托起对武相打理一方水土的希望和信任："锦江玉垒献山川。"（《续嘉陵驿诗献武相国》）

难怪武元衡愿荐薛涛为校书郎。

（按，后蜀何光远《鉴诫录》、南宋陈振孙《直斋书录解题》、元费著《笺纸谱》皆以韦皋荐薛涛为校书郎，恐不确，考见张篷舟《薛涛诗笺·女校书考》。）

这是前无古人的惊人之举,这是武相对虽为女儿身却心怀天下的薛涛的旷世优容!

当然,薛涛感恩图报:

> 信陵公子如相问,长向夷门感旧恩。
> ——《送卢员外》

卢员外即卢士玫,为武元衡的成都幕僚,薛涛借赠卢员外诗示报恩之意。

武相并未让薛涛失望,或者,薛涛并未看错人。

元和八年(813)二月,武元衡再度回京入相时,其在川功业受宪宗高度评价:"益部大藩,比仗兼济。而能布宣威惠,抚莅蛮髳,县道辑宁,疲黎安息。推心而下皆率附,正己而人自响方,临之累年,理有殊等。"(《复授武元衡门下侍郎平章事制》)

多年后,官声卓著的户部尚书王播镇西川,过浣花溪访薛涛,涛以菊自喻:

> 西陆行终令,东篱始再阳。
> 绿英初濯露,金蕊半含霜。
> 自有兼材用,那同众草芳。
> 献酬樽俎外,宁有惧豺狼。
> ——《浣花亭陪川主王播相公暨寮同赋早菊》

万花争艳后,菊花独自在萧瑟的秋凉中傲然绽放。

无所谓喧哗与显赫，哪怕在东篱这样为人漠视的角落，菊也无惧霜冻、无惧危险地悠然开放，样貌既为世间增美，躯体亦可化为医人良药。

薛涛虽是弱女子，但可称得上女中士君子。

中唐之世，成都（益州）虽为西南一隅，却富庶万方，兼统摄西南诸镇，时人将其与扬州并立，谓"扬一益二"（洪迈《容斋随笔》）。"扬州与成都号为天下繁侈，故称扬、益。"（李吉甫《元和郡县图志》）"大凡今之推名镇为天下第一者，曰扬、益。"（卢求《成都记序》）

大和四年（830），又一位"缉安邛蜀，克有殊政"（《授李德裕荆平章事制》）的未来宰相李德裕镇西川。

德裕，故相吉甫之子，"能处剧不懈，久次弥勤"（《授李德裕荆南节度平章事制》）。

在成都这样的剧郡，李德裕应该会做出一番利国利民的伟业。

不久，为筹划营卫成都以御蛮夷，李德裕于成都府治之西建筹边楼。

薛涛于暮年仍欣喜异常，献诗祝贺：

> 平临云鸟八窗秋，壮压西川四十州。
> 诸将莫贪羌族马，最高层处见边头。
>
> ——《筹边楼》

（按：四十州，当作十四州。卢求《成都记序》："蜀为奥壤，领州十四。"）

有欣喜，有巨大的希望，也是惨痛的记忆所致。

就在上一年（大和三年，829）十一月，南诏入寇成都，西川节度使旧相杜元颖不晓军事，酿成军祸。十二月"蛮留成都西郭十日，其始慰抚蜀人，市肆安堵；将行，乃大掠子女、百工数万人及珍货而去。蜀人恐惧，往往赴江，流尸塞江而下"（司马光《资治通鉴》）。

薛涛就像一位站在十四州顶端的将军，俯瞰整个西川大地。

明人钟惺《名媛诗归》评价说："教戒诸将，何等心眼！洪度［薛涛字］岂直女子哉，固一代之雄也。"

念天地之悠悠，感民生之多艰！

薛涛骨子里的高贵和闳远，一众唐代才女固已不及，恐诸多七尺须眉也望尘莫及。

（三）风流元公子

后蜀何光远说："吴越饶营妓，燕赵多美姝，宋产歌姬，蜀出才妇。"（《蜀才妇》）

在何光远的年代，可称才妇者，大抵薛涛、花蕊夫人而已。

明人何宇度总结："蜀之文人才士，每出，皆表仪一代，领袖百家。……香奁之彦，若花蕊、当垆、制笺，才情岂在人下？"（《益部谈资》）

当垆文君于才女之名，恐怕还算不得。

世传元薛之恋，至今传为美谈。

元稹始姓拓跋，先祖拓跋珪建北魏，至拓跋宏时始改姓元，妥妥的旧族大姓，皇族后裔。

不过，统一后的大唐地面上，这样十几二十代祖为皇裔的，南方六朝、北朝十六国后代，实在不可胜数。

元公子自称早慧："九岁解赋诗。"[《答姨兄胡灵之见寄五十韵（并序）》]

社交活动也随之展开："得与姨兄胡灵之之辈十数人，为昼夜游。"[《答姨兄胡灵之见寄五十韵（并序）》]

别人饮酒传盏，元公子就注意："华奴歌渐渐，媚子舞卿卿。"（按，原注：军大夫张生好属词，多妓乐。歌者华奴，善歌《渐渐盐》。又有舞者媚子，每觥令禁言，张生常令相挠）[《答姨兄胡灵之见寄五十韵（并序）》]

华奴、媚子，是元公子最早接触的歌舞妓。

当年杜甫年少，六岁观摩公孙大娘舞剑，"七龄思即壮，开口咏凤凰。九龄书大字，有作成一囊"（《壮游》）。

太白年少时，"五岁诵六甲，十岁观百家"（《上安州裴长史书》）。

都业精于勤，正能量满满。

元公子不同，既早慧，也早熟。

贞元九年（793），元公子明经擢第，时年十五岁。

唐人有"五十少进士，三十老明经"一说，明经科即使不被看好，也并不易得。

十年后（贞元十九年，803），元稹中书判拔萃科第四等，授校书郎，年方二十五。

元公子着实聪明。

同年九月，作《莺莺传》（《传奇》），锻成千年诟病。

不久，娶太子少保韦夏卿季女韦丛为妻。

一段如鱼得水的元才子成长史。

（按，本文元稹事迹年代，依卞孝萱《元稹年谱》。）

元和四年（809）三月，三十一岁的监察御史元稹，充剑南东川详覆使，详覆泸州监官任敬仲赃犯，出使东川（州治梓州，今四川绵阳三台县）。

这本来是中唐一次稀松平常的行政公干，却成就了文学史上一场充满遐想的文学与情感之旅：元薛唱和。

一个是日后履任宰相，掀起诗坛新风"元和体"的元大才子。

一个是早就驰名两川，万里桥边"能篇咏，饶词辩"（《云溪友议》）的女校书。

才子佳人的故事，最令人浮想联翩。

但或许是因为薛涛营妓身份的敏感，与薛涛唱和经年的剑南西川十一任节度使的作品集中少有赠答作品留存，加上元稹出使东川是带着夫人韦丛的，或不致落话柄于人而已矣。

所谓平等相待，所谓唐人优容女性为历代之最，如何可能？

元薛唱和往还作品少之又少，一鳞半爪：

> 锦江滑腻蛾眉秀，幻出文君与薛涛。
> 言语巧偷鹦鹉舌，文章分得凤皇毛。
> 纷纷辞客多停笔，个个公卿欲梦刀。
> 别后相思隔烟水，菖蒲花发五云高。
>
> ——元稹《寄赠薛涛》

常理说，直呼其名，兼具赞赏和客套的遣词，大约是陌生人之间初期接触的方式。

唐人"相思"并非一定是男女思之恋之，如王摩诘"此物最相思"（《相思》）也。

野史有说元、薛于东川有一面之谊，"府公严司空绶，知微之之欲，每遣薛氏往焉。临途诀别，不敢挈行。洎登翰林，以诗寄曰'锦江滑腻蛾眉秀'"（《云溪友议·艳阳词》）云云，久成聚讼，疑点重重，未可定论。

元稹使东川，秘书省校书郎白行简写其诗三十二首为《东川卷》，《全唐诗》收二十二首，皆无关风月，仅《使东川·好时节》有些许隐括之意：

身骑骢马峨眉下，面带霜威卓氏前。
虚度东川好时节，酒楼元被蜀儿眠。

元公子闪烁其词，沉浮其事，毕竟事做得过分：

元和四年（809）七月，原配韦丛卒，十月葬；元和五年（810）春，元稹被贬为江陵府士曹参军；元和六年（811）春，元稹纳安仙嫔为妾；元和九年（814），安氏卒；元和十一年（816）秋，元稹娶裴淑。

这令孤茕独栖的薛涛情何以堪？

大约元和五年（810）春末，薛仍诗寄元公子，甚至以夫妇自况：

芙蓉新落蜀山秋，锦字开缄到是愁。
闺阁不知戎马事，月高还上望夫楼。

> 扰弱新蒲叶又齐,春深花落塞前溪。
> 知君未转秦关骑,月照千门掩袖啼。
> ——《赠远二首》

"锦字开缄"(按,前秦苏蕙织锦为回文《璇玑图》诗以赠其夫窦滔)云云,"望夫楼"云云,意思是再明白不过的。

爱与不爱,最终受伤的大多是女人。

而那个为爱而醉的女人,还在浣花溪的花丛之中,种着菖蒲,制着深红小彩笺,遥望着远方。

这段可想不可见的美丽的伤感往事,就湮没在朦胧的想象中了。

所以,元薛之恋也是谑谈:元稹实则是个花花公子。

不是吗?一首《莺莺传》,就套住了元公子千年骂名:始乱终弃。

陈寅恪先生考证:张生就是元稹!

> 微之所以作《莺莺传》,直叙其自身始乱终弃之事迹,绝不为之少惭,或略讳者,即职是故也。
> ——《元白诗笺证稿》附《读〈莺莺传〉》

证据也好,事实也罢,甚或可能的误解,后人欣慰也好,愤懑也罢,故事早已随岁月的消逝飘荡而去,只有风听见。

(四)深红小笺吟诗楼

身为官宦家庭的掌上珠,薛涛骨子里有清灵毓秀;饱含被诗歌打湿的情愫，薛涛心底处是情思潺潺。

她爱美，美能将生活融化：

> 紫阳宫里赐红绡，仙雾朦胧隔海遥。
> 霜兔毫寒冰茧净，嫦娥笑指织星桥。
> ——《试新服裁制初成三首（其一）》

她贪玩，有脱不去的小儿女情性：

> 水荇斜牵绿藻浮，柳丝和叶卧清流。
> 何时得向溪头赏，旋摘菱花旋泛舟。
> ——《菱荇沼》

> 绿英满香砌，两两鸳鸯小。
> 但娱春日长，不管秋风早。
> ——《鸳鸯草》

也能把《九九消寒图》描成梅花的模样：

> 色比丹霞朝日，形如合浦筼筜。
> 开时九九如数，见处双双颉颃。
> ——《咏八十一颗》

她爱各种花儿、草儿、虫儿、鸟儿。

一朵花本就是一个世界，一只小虫也有自己的天堂：

> 花开不同赏，花落不同悲。
> 欲问相思处，花开花落时。
> ——《春望词四首（其一）》

> 双栖绿池上，朝暮共飞还。
> 更忆将雏日，同心莲叶间。
> ——《池上双凫》

她爱着红红的颜色，斑斓的红、可怜的红：

> 春教风景驻仙霞，水面鱼身总带花。
> 人世不思灵卉异，竟将红缬染轻沙。
> ——《海棠溪》

> 红开露脸误文君，司萼芙蓉草绿云。
> 造化大都排比巧，衣裳色泽总薰薰。
> ——《朱槿花》

然后，她将这易醉的红织进小笺中，也织进梦想和伤痛：

> 前溪独立后溪行，鹭识朱衣自不惊。
> ——《寄张元夫》

> 去春零落暮春时，泪湿红笺怨别离。
> ——《牡丹》

长教碧玉藏深处，总向红笺写自随。

——《寄旧诗与元微之》

到底是春心与共，终究是沧海桑田。

薛涛二十岁走出节度府，走进浣花溪；晚年于成都西北碧鸡坊建吟诗楼，幽栖人间。

大和五年（831）七月，在武昌军节度使任上的元稹暴卒。

大和六年（832）夏，薛涛离了这满含是与非、恋与痛的五彩人间。

唐僖宗中和三年（883），有个叫郑谷的年轻人漫游蜀中名胜，来到桃花围绕的薛涛坟前，心生悲戚，连作诗三首：

夜无多雨晓生尘，草色岚光日日新。
蒙顶茶畦千点露，浣花笺纸一溪春。
杨雄宅在唯乔木，杜甫台荒绝旧邻。
却共海棠花有约，数年留滞不归人。

——《蜀中三首（其二）》

那已经是薛涛故去五十余年后的事情了。

十

西边有诗，也有远方

陇西狄道（洮州，今甘肃临洮）在大唐是一个独特的存在，因为它是大唐龙潜之地。

高祖李渊即位初，回顾家旧，颇为感慨："地居戚里，门号公宫，承绪建基，足为荣矣。"（李渊《即位告天册文》）对自己建祚功勋也不无自豪："传檄而定岷峨，拱手而平关陇。西戎即叙，东夷底定。"（李渊《即位告天册文》）

当然"平关陇""西戎即叙"，是世子李世民的功劳。

狄道洮州就在这"关陇"的中间，它是连通关中与西域的门户，一朝洞开。

武德元年（618），李世民俘虏了薛举之子薛仁杲，平定陇右。

贞观四年（630），大唐攻破长期滋扰西北的东突厥，生擒颉利可汗，西伊州（伊吾，今新疆哈密）随之设立。

数百年来壅塞的西部，逐渐打开。

一路向西，到了瓜州（今甘肃酒泉），放眼望去，是数千里广袤的戈壁。

从此，唐代的版图焕然一新："拓定关陇，澄清河雒，北通元塞，东静青邱。"（李渊《命皇太子即皇帝位册文》）

贞观九年（635），李靖、侯君集率兵灭了吐谷浑。

贞观十四年（640），交河道行军大总管侯君集平定高昌，顺便收服西突厥阿史那步真部。

天山南北如大鹏展开巨大的翅膀，史诗般呈现在帝国眼前。

人们的视野也焕然一新。

美轮美奂的西域，

不仅有边塞，

不仅是疆域，

不仅是政治，

更有广阔无垠的梦想。

（一）先声：骆临海的西域世界

自打显庆元年（656）从道王府属的位置上离职后，骆宾王在齐鲁间闲居了十二年，窝囊得很：

> 出没风尘之内，沦漂名利之间，游无毛薛之交，仕乏金张之援，块然独处者，一纪于兹矣。
>
> ——《上齐州张司马启》

曾经七岁倚马吟出"鹅鹅鹅，曲项向天歌"（《咏鹅》）而

广为天下知的神童,而今百无聊赖:"愧汗如浆,忧心若厉。"(《上齐州张司马启》)

看不见未来。

大部分人的焦虑来自无所事事的恐慌。

好在四十九岁那年(乾封二年,667)对策入选,总算谋了个东台详正学士兼奉礼郎的小职位。

(按,关于宾王生年,陈熙晋《骆临海集笺注》、闻一多《唐诗大系》、张志烈《初唐四杰年谱》、骆祥发《骆宾王简谱》皆有考辨,然差异过大。我们暂取辛文房《唐才子传校笺》赞同的《骆宾王简谱》。)

似乎从看不见未来,变成了一眼就能看到生命的尽头。

只不过从一个恐慌走向了另一个恐慌而已。

终于,机会来了。

唐高宗咸亨元年(670),西北告急。

太宗皇帝自贞观十四年(640)开始苦心经营三十年的安西四镇,长期被喂不饱的吐蕃渗透侵扰,在这一年不得不被废弃,安西都护府撤回西州。

这口气当然咽不下去,四月,右威卫大将军薛仁贵任逻娑道行军大总管,讨伐吐蕃。

四海承平中,军功是一条上升的捷径。

骆宾王看到了一点改变命运的光亮。

他给早年当过州长史、金山副都护,又拜安西大都护的吏部侍郎裴行俭写了一封信,告诉对方他"一艺罕称,十年不调",没劲。虽然"不汲汲于荣名,不戚戚于卑位",不过是"养亲之故",绝不是"谋身之道"。为了"舍慈亲之色养,许明主以驱驰"，所以要"流沙一去，绝塞千里"(《上吏部裴侍郎书》)。

出塞去矣！

骆宾王已年过半百，脾气还是不小。

元和间人刘肃曾经记录过一件事："裴行俭少聪敏多艺，立功边陲，屡克凶丑。及为吏部侍郎，赏拔苏味道、王勔，曰：'二公后当相次掌钧衡之任。'勔，勃之兄也。时李敬玄盛称王勃、杨炯等四人，以示行俭。曰：'士之致远，先器识而后文艺也。勃等虽有才名，而浮躁浅露，岂享爵禄者！杨稍似沉静，应至令长，并鲜克令终。'卒如其言。"(刘肃《大唐新语·知微》)

诚如是，裴行俭是有识人之慧眼的，目光犀利。

骆宾王对行俭大人还是敬仰的，在西出之后，还为他作了一首诗：

三十二余罢，鬓是潘安仁。
四十九仍入，年非朱买臣。
纵黄愁系越，坎壈倦游秦。
出笼穷短翮，委辙涸枯鳞。
穷经不沾用，弹铗欲谁申。
天子未驱策，岁月几沉沦。
轻生长慷慨，效死独殷勤。
徒歌易水客，空老渭川人。
一得视边塞，万里何苦辛。
剑匣胡霜影，弓开汉月轮。
金刀动秋色，铁骑想风尘。

> 为国坚诚款，捐躯忘贱贫。
> 勒功思比宪，决略暗欺陈。
> 若不犯霜雪，虚掷玉京春。
> ——《咏怀古意上裴侍郎》

"穷经不沾用，弹铗欲谁申"，与杨炯"宁为百夫长，胜作一书生"（《从君行》）同声相气。

骆临海是带着"为国坚诚款，捐躯忘贱贫"的意气出塞的，也让自己成了第一个走向茫茫戈壁的大唐诗人。

闻一多评说四杰："诗的题材也得到了解放，即由宫廷走到市井，从台阁移至江山与塞漠。"（《唐诗杂论·四杰》）

主要是表扬骆临海。

这是唐朝文人第一次开眼看西域："山川殊物候，风壤异凉暄。"（《早秋出塞寄东台详正学士》）

一切都是新鲜而干净的。

他给昔日同为东台详正学士的同侪们描绘所见之奇景和异思：

> 天阶分斗极，地理接楼烦。
> 溪月明关陇，戎云聚塞垣。
> ……
> 一朝从筐服，千里骛轻轩。
> 乡梦随魂断，边声入听喧。
> ——《早秋出塞寄东台详正学士》

江山与塞漠就结结实实地在眼前横亘着。

那里有行役中的扑朔迷离:

> 蓬转俱行役,瓜时独未还。
> 魂迷金阙路,望断玉门关。
> ——《在军中赠先还知己》

> 风旗翻翼影,霜剑转龙文。
> 白羽摇如月,青山断若云。
> ——《宿温城望军营》

那里有刀光剑影的历史沉沙:

> 苏武封犹薄,崔骃宦不工。
> 唯余北叟意,欲寄南飞鸿。
> ——《边夜有怀》

> 龙庭但苦战,燕颔会封侯。
> 莫作兰山下,空令汉国羞。
> ——《夕次蒲类津》

那里有戈壁横野、红云草枯:

> 紫塞流沙北,黄图灞水东。
> 一朝辞俎豆,万里逐沙蓬。
> ——《边城落日》

季月炎初尽,边亭草早枯。
层阴笼古木,穷色变寒芜。
——《久戍边城有怀京邑》

那里有千里孤愤、万年相思:

旅思徒漂梗,归期未及瓜。
宁知心断绝,夜夜泣胡笳。
——《晚度天山有怀京邑》

胡霜如剑锷,汉月似刀环。
别后边庭树,相思几度攀。
——《在军中赠先还知己》

那里更有投笔壮志、捐躯报国的一片赤诚:

弓弦抱汉月,马足践胡尘。
不求生入塞,唯当死报君。
——《从军行》

绛节朱旗分白羽,丹心白刃酬明主。
但令一被君王知,谁惮三边征战苦。
——《从军中行路难二首(其一)》

一幅幅唐代文人笔下从未展开过的壮丽画面,一缕缕寒风离愁、斗酒千转、肝肠寸断的傲骨柔情,一段段大唐盛世壮怀激越、气壮山河的报国豪情,就此徐徐铺开。

八千里路云和月,有诗,更有远方。

(二)万里乡梦岑参军

天宝三载(744),三十岁才考上进士的岑参有点郁闷。

虽然身边二十来岁进士及第的朋友们不少,但不要紧,而立之年也还不算晚。

郁闷的是,岑参从二十岁开始就给玄宗皇帝投书,"二十献书阙下"(《感旧赋》),二十四岁第一次赴举,却铩羽而归:

> 来亦一布衣,去亦一布衣。
> 羞见关城吏,还从旧路归。
> ——《戏题关门》

后来又在长安蜗居复读六年。

好不容易熬到了万众瞩目、万人空巷的进士及第之时,释褐才得了个从八品芝麻粒大小的右内率府兵曹参军,悲催得紧:

> 三十始一命,宦情多欲阑。
> 自怜无旧业,不敢耻微官。
> 涧水吞樵路,山花醉药栏。
> 只缘五斗米,辜负一渔竿。
> ——《初授官题高冠草堂》

要说岑进士愤懑不平，还真不是低看了他。

去年，岑参还专门作了篇《感旧赋》，回顾了"二千余载，六十余代，继厥美而有光"的家族奋斗史。

不理不要紧，一理可不得了：

远的说来："吾门之先，世克其昌。赫矣烈祖，辅于周王；启封受楚，佐命克商。"（《感旧赋》）

近的说来："国家六叶，吾门三相矣。江陵公［岑文本］为中书令，辅太宗；邓国公［岑长倩］为文昌右相，辅高宗；汝南公［岑羲］为侍中，辅睿宗。相承宠光，继出辅弼。"（《感旧赋》）

开唐一百年，这要算不上第一，也没人敢说第二了。

连整天唠叨"诗是吾家事"（《宗武生日》）、"致君尧舜上，再使风俗淳"（《奉赠韦左丞丈二十二韵》）的老杜，祖上在大唐也不过就出了一位杜审言吧。

当然了，岑长倩、岑羲因为政治站错队，贬官的贬官，抄家的抄家。但毕竟"参，相门子"（《感旧赋》），不是说虎父无犬子吗？

何况岑参经历了"我从东山，献书西周；出入二郡，蹉跎十秋"（《感旧赋》）。

何况心中还有个"云霄坐致，青紫俯拾"（《感旧赋》）的大梦想呢。

这小小的右内率府兵曹参军，真还是"辜负一渔竿"（《初授官题高冠草堂》）！

可惜没有谋生他途［"自怜无旧业"（《初授官题高冠草堂》）］，对这个侮辱性不低的微官，也还不能立马挂冠辞去，这日子憋屈得很。

其实岑参压根也没想到，三年后，还有个人比他更倒霉：

天宝六载（747），杜甫来长安参加进士试，权相李林甫以"野无遗贤"为名，黜落当年全部举子。

倒霉的不止老杜，这一年，李邕、裴敦复遭李林甫忌，皆杖死。皇甫惟明、韦坚于贬所赐死，李适之仰药，王琚自缢。

种种迹象显示，大唐已处在风雨飘摇的前夜。

"因悲宦游子，终岁无时闲。"（《送郑堪归东京氾水别业》）

岑参在"误徇一微官"（《因假归白阁西草堂》）中忙忙碌碌地过了三年，既平庸，又无聊，更无奈。

有朋友去安西，岑参送别：

> 上马带胡钩，翩翩度陇头。
> 小来思报国，不是爱封侯。
> 万里乡为梦，三边月作愁。
> 早须清黠虏，无事莫经秋。
>
> ——《送人赴安西》

"万里乡为梦，三边月作愁"，似乎透露出一丝人生的新希望。

杨盈川当年不也说过"烽火照西京，心中自不平。牙璋辞凤阙，铁骑绕龙城。雪暗凋旗画，风多杂鼓声。宁为百夫长，胜作一书生"（《从军行》）吗？

心情是一样的。

天宝七载（748），好朋友监察御史颜真卿充河西陇右军试覆屯交兵使，巡查河东、陇州，岑参赠了一首诗《胡笳歌送颜真卿使赴河陇》：

> 君不闻胡笳声最悲，紫髯绿眼胡人吹。
> 吹之一曲犹未了，愁杀楼兰征戍儿。
> 凉秋八月萧关道，北风吹断天山草。
> 昆仑山南月欲斜，胡人向月吹胡笳。
> 胡笳怨兮将送君，秦山遥望陇山云。
> 边城夜夜多愁梦，向月胡笳谁喜闻。

这哪是什么送别诗？从未踏过陇西一步的岑参，竟然为颜真卿描绘了一幅壮丽的西域全景图：

东自秦山（今内蒙古呼和浩特境内，一名大斤山，又名大青山）、陇山（今名六盘山，今陕甘宁交界）、萧关道（古丝绸之路东段北道，南道为陇关道），北至天山，西至昆仑山，中在楼兰，亘越万里之遥，覆盖天山南北，八月阔阔的天地间，有胡人弄笳，征戍蹙眉，边关夜梦，风断闲云。

这是天才级的想象！

或许热爱和梦想也可以从想象中得来，有梦想的世界竟然如此斑斓。

写过《蒂凡尼的早餐》的美国作家杜鲁门·卡波特说："梦是心灵的思想，是我们的秘密真情。"

有梦想的人一定会发光，比如整整一千三百年前那个九岁开始致力于赋诗作文的小男孩岑参。

似乎，遥远的边塞就是为岑参而伫立的。

发光的时机很快就来了。

天宝八载（749），鸿胪卿、摄御史中丞、安西四镇节度使高仙芝入朝。这个"美姿容，善骑射，勇决骁果"（《旧唐书·高仙芝传》），于天宝六载（747）平定小勃律、战功赫赫的将军，立马成为岑参心中"YYDS"。

两年后送朋友刘单入高仙芝幕时，岑参还在絮叨着当初毅然投幕时的心情：

> 白草磨天涯，湖沙莽茫茫。
> 夫子佐戎幕，其锋利如霜。
> 中岁学兵符，不能守文章。
> 功业须及时，立身有行藏。
> ——《武威送刘单判官赴安西行营便呈高开府》

人生的路口太多，关键时刻的选择要及时并果断。

投笔从戎就是不二之选：

> 丈夫三十未富贵，安能终日守笔砚？
> ——《银山碛西馆》

有人说："梦想一旦被付诸行动，就会变得神圣。"

岑参并没有变得神圣，或许也并不指望变得神圣，但岑参让自己的梦想变成他心中的神圣：

> 为言地尽天还尽，行到安西更向西。
> ——《过碛》

> 万里奉王事，一身无所求。
> 也知塞垣苦，岂为妻子谋。
> ——《初过陇山途中呈宇文判官》

脚下通向安西的遥远征程，无疑也是一路迤逦。

这是岑参第一次来这广袤的西土大地，带职安西节度判官。

> 一驿过一驿，驿骑如星流。
> 平明发咸阳，暮及陇山头。
> ——《初过陇山途中呈宇文判官》

有梦想的人，脚会随着梦想一道出发：陇山、凉州、金城、银山碛、黄沙碛、铁门关、安西……

> 走马西来欲到天，辞家见月两回圆。
> 今夜不知何处宿，平沙万里绝人烟。
> ——《碛中作》

> 黄沙碛里客行迷，四望云天直下低。
> 为言地尽天还尽，行到安西更向西。
> ——《过碛》

这一路不紧不慢地前行，将大唐的眼光也吸引了过来。

虽然从太祖李渊建政，陇右便走进大唐的视野，但毕竟征战也罢，绥靖也好，都是将军们的风沙行走。

骆临海的声音还太过微弱，吸引不了太多的关注。

岑参不一样，进士及第，朝廷命官，还有高仙芝将军、后来的封常清将军的背书。

比如，你看，岑参眼中塞外的风和月：

> 银山碛口风似箭，铁门关西月如练。
> 双双愁泪沾马毛，飒飒胡沙迸人面。
> ——《银山碛西馆》

真实的触感和画面，近在眼前，伸手可及，不再是二百年前那个富贵诗人眼中的漠北：

> 无复汉地关山月，唯有漠北蓟城云。
> 淮南桂中明月影，流黄机上织成文。
> ——王褒《燕歌行》

概念化的框中景，冷峻地描摹而已。

大唐进士的血和沙糅合在一起，被搓成了有温度、有痛感的诗句。

遥远的天空，也勾起了岑判官的乡思。

这是第一次远行，也是岑参坚强背面并不打算掩饰的柔弱和深情：

> 渭水东流去，何时到雍州。
> 凭添两行泪，寄向故园流。
> ——《西过渭州见渭水思秦川》

这才刚离开了渭州这个西去的起点，思念就倏然而起。

这没什么可笑的，王维不也说过："渭城朝雨浥轻尘，客舍青青柳色新。劝君更尽一杯酒，西出阳关无故人。"（《送元二使安西》）

天下哪一个游子身在异乡，没有思乡的牵惹呢？何况还是在"一身虏云外，万里胡天西。终日见征战，连年闻鼓鼙"（《早发焉耆怀终南别业》）的万里之遥的茫茫风沙颠簸中：

家在日出处，朝来起东风。
风从帝乡来，不异家信通。
——《安西馆中思长安》

几乎每一次有朋友还朝归乡，岑参都不忘嘱托一番：

客泪题书落，乡愁对酒宽。
先凭报亲友，后月到长安。
——《送韦侍御先归京——得宽字》

醉眠乡梦罢，东望羡归程。
——《临洮泛舟，赵仙舟自北庭罢使还京》

故园东望路漫漫，双袖龙钟泪不干。
马上相逢无纸笔，凭君传语报平安。
——《逢入京使》

天宝六载（747），安西副都护高仙芝为行营节度使，平定小勃律。岑参尚在长安,虽然想着"早须清黠虏,无事莫经秋"(《送人赴安西》),但遗憾没赶上。

天宝九载(750),四镇节度使高仙芝再次发兵葱岭,破竭师国,又平石国。凯旋入朝,拜开府仪同三司,寻除武威太守、河西节度使。

这是一次巨大的胜利,岑参似乎并未随大军走上前线,但同僚刘单判官亲临一线,这让岑参激动不已:

都护新出师,五月发军装。
甲兵二百万,错落黄金光。
扬旗拂昆仑,伐鼓震蒲昌。
太白引官军,天威临大荒。
西望云似蛇,戎夷知丧亡。
浑驱大宛马,系取楼兰王。
曾到交河城,风土断人肠。
寒驿远如点,边烽互相望。
赤亭多飘风,鼓怒不可当。
有时无人行,沙石乱飘扬。
夜静天萧条,鬼哭夹道傍。
地上多髑髅,皆是古战场。
置酒高馆夕,边城月苍苍。
军中宰肥牛,堂上罗羽觞。
红泪金烛盘,娇歌艳新妆。
望君仰青冥,短翮难可翔。
苍然西郊道,握手何慨慷。
——《武威送刘单判官赴安西行营便呈高开府》

从题材上看，真正的盛唐边塞诗在安西节度判官岑参笔下呼啸而出了。

"望君仰青冥，短翮难可翔。苍然西郊道，握手何慨慷。"

这是何等的时代高歌、盛唐气象！

天宝十载（751），逃亡的石国王子勾结黑衣大食攻四镇，高仙芝于怛罗斯城（今哈萨克斯坦江布尔州首府塔拉兹）迎战，两个亚洲最强帝国就此发生军事硬杠，大唐军队大败。

在凉州待命的安西僚佐相继归京，岑参回长安。

关门锁归客，一夜梦还家。
月落河上晓，遥闻秦树鸦。
长安二月归正好，杜陵树边纯是花。

——《宿蒲关东店忆杜陵别业》

天宝十载（751），已为安西节度使的封常清将军踏平大勃律，再一次平定石国。

志得意满中，封常清于天宝十三载（754）入朝，代程千里权知北庭都护，持节充伊西节度等使。

受封将军之辟，岑参为北庭节度判官，再次出塞。当岑参再一次踏上西去的征途时，已近不惑之年。

就在上一年，另一位边塞诗人高适为哥舒翰掌书记。

安史之乱的前夜，天宝十二载（753）前后，大唐对西域的经营达到全盛。

岑参、高适，这两位最伟大的边塞诗人，携手开启了盛唐边塞诗的巅峰。

什么叫时势造英雄！

什么叫时代弄潮儿!

岑参再次西行边塞,创作如拉满了的弓。

辽阔的北庭如茫茫大荒,劲风吹起的是满满的自信和闳阔:

> 尝读西域传,汉家得轮台。
> 古塞千年空,阴山独崔嵬。
> 二庭近西海,六月秋风来。
> 日暮上北楼,杀气凝不开。
> 大荒无鸟飞,但见白龙堆。
> 旧国眇天末,归心日悠哉。
> 上将新破胡,西郊绝烟埃。
> 边城寂无事,抚剑空徘徊。
> 幸得趋幕中,托身厕群才。
> 早知安边计,未尽平生怀。
> ——《登北庭北楼呈幕中诸公》

在疆域胜过大汉的大唐,无垠的边疆,就是无垠的胸怀。

岑参抚剑徘徊,极目四望,这是没有敌手的寂寞、无须征战的悠闲。

当然文人的话不得全信。

九月,狂风卷地之中,封大夫率师出征了,西讨突厥西叶护阿布思余部。

岑参兴奋地连献两首诗:

君不见走马川行雪海边，平沙莽莽黄入天。
轮台九月风夜吼，一川碎石大如斗，随风满地石乱走。
匈奴草黄马正肥，金山西见烟尘飞，汉家大将西出师。
将军金甲夜不脱，半夜军行戈相拨，风头如刀面如割。
马毛带雪汗气蒸，五花连钱旋作冰，幕中草檄砚水凝。
虏骑闻之应胆慑，料知短兵不敢接，车师西门伫献捷。
——《走马川行奉送出师西征》

轮台城头夜吹角，轮台城北旄头落。
羽书昨夜过渠黎，单于已在金山西。
戍楼西望烟尘黑，汉兵屯在轮台北。
上将拥旄西出征，平明吹笛大军行。
四边伐鼓雪海涌，三军大呼阴山动。
虏塞兵气连云屯，战场白骨缠草根。
剑河风急雪片阔，沙口石冻马蹄脱。
亚相勤王甘苦辛，誓将报主静边尘。
古来青史谁不见，今见功名胜古人。
——《轮台歌奉送封大夫出师西征》

如果要问这天下还有什么可以让一个四十岁的男人如此壮怀激烈，答案是：战争，极寒极苦的战争，瞬间摧毁敌人意志的战争。

这是属于岑参的文字、岑参的世界，这是万里边疆震荡寰宇的、属于岑参的激情和梦想！

如公未四十，富贵能及时。

>直上排青云，傍看疾若飞。
>前年斩楼兰，去岁平月支。
>天子日殊宠，朝廷方见推。
>何幸一书生，忽蒙国士知。
>侧身佐戎幕，敛衽事边陲。
>自逐定远侯，亦著短后衣。
>近来能走马，不弱并州儿。
>——《北庭西郊候封大夫受降回军献上》

也是大唐边塞诗人的集体激情和报国梦想！
盛唐边塞诗的最强音，倾泻而出。

（三）功名边烽高书记

要说唐人职场失意，孟浩然算一个，高适也一定有份。

盛唐的天空下，与王维、岑参、王昌龄，哪怕是杜甫相比，高适也算是有才有干的，但是磨砺过甚，属于过于大器晚成。

自二十岁那年第一次来长安追逐人生起，高适就悲伤地开启了三十年蹭蹬的人生历程：

>二十解书剑，西游长安城。
>举头望君门，屈指取公卿。
>国风冲融迈三五，朝廷欢乐弥寰宇。
>白璧皆言赐近臣，布衣不得干明主。
>归来洛阳无负郭，东过梁宋非吾土。

> 兔苑为农岁不登,雁池垂钓心长苦。
>
> 《别韦参军》

"屈指取公卿",年轻气盛的样子真好!

多少次梁宋各地奔波,也多少次南墙撞破后,纵然是骨子里荡漾着盛唐气象,可心底的苦却挥之不去。

说起来,与一般士人相较,高达夫也算系出名门:

祖高偘(按,一作高侃),高宗时名将,永徽中为北庭安抚使,曾生擒突厥车鼻可汗,官至安东都护(刘昫等《旧唐书·高固传》)。功可与苏定方、王方翼相埒。咸亨二年(671),以左监门大将军为东州道行军总管,破高丽于安市城。又官陇右道持节大总管,封平原郡开国公,食邑二千户(岑仲勉《唐史余渖·补高偘传》)。

说高适是将门之后并不为过,也可与杜审言之后的杜甫颉颃了。

可世事难料。高适早年随任韶州长史的父亲旅居岭南,后来客居宋中(宋州,治所宋城,今河南商丘市睢阳区)。

长安倒是去过三次了,也应了制科,一无所获。

但倒也不是毫无成绩,除了"交游天下才"(《酬裴员外以诗代书》),认识了一些诗朋文友外,三十一岁的时候(开元十八年,730),高适来到燕地投了军。

> 碣石辽西地,渔阳蓟北天。
> 关山唯一道,雨雪尽三边。
> 才子方为客,将军正渴贤。

>遥知幕府下，书记日翩翩。
>
>——《别冯判官》

蓟北是辽东故地，也是大唐北方边塞要地。

或许是祖父的遗脉，或许是高适的志尚，高适一生中的游历官任，多与边塞相关联，以至六十四岁时任剑南西川节度使摄东川节度使，仍与西南边塞的吐蕃征战，并博得"诗人之达者，唯适而已"（刘昫等《旧唐书·高适传》）的美名。

当然那是后话。

那一年是天宝八载（749），得睢阳太守张九皋大人荐举，高适有道科及第。

张九皋实在是爱才："张九皋为宋州刺史，时高适好学，以诗知名，佳句朝出，夕遍人口，九皋荐举之。"（王钦若等《册府元龟》）

高适终于得授封丘县尉。

这个职位，对已经五十知天命的高适来说，有点无关痛痒。

可高适偏认真得很：

>我本渔樵孟诸野，一生自是悠悠者。
>乍可狂歌草泽中，宁堪作吏风尘下。
>只言小邑无所为，公门百事皆有期。
>拜迎官长心欲碎，鞭挞黎庶令人悲。
>归来向家问妻子，举家尽笑今如此。
>
>——《封丘作》

《全唐诗话》说高适"年五十而为诗",可诗一经写出,满纸都是愤懑苍凉。

高达夫是个真诚而尽责的人,心中有善良,行事有公平。只是玄宗晚景,各地节度使军中之骄纵腐烂已病入膏肓:

> 丈夫遭遇不可知,买臣主父皆如斯。
> 我今蹭蹬无所似,看尔崩腾何若为。
> ——《送蔡山人》

似乎冥冥之中自有安排,天宝十一载(752)从封丘尉愤而离职后,高适回到长安,正好碰到朋友去西域,高适以诗相送:

> 怅望日千里,如何今二毛。
> 犹思阳谷去,莫厌陇山高。
> 倚马见雄笔,随身唯宝刀。
> 料君终自致,勋业在临洮。
> ——《送蹇秀才赴临洮》

> 行子对飞蓬,金鞭指铁骢。
> 功名万里外,心事一杯中。
> 虏障燕支北,秦城太白东。
> 离魂莫惆怅,看取宝刀雄。
> ——《送李侍御赴安西》

"功名万里外,心事一杯中",高适的心动了一下。

恰巧，高适遇见从西域高仙芝幕府回朝的判官岑参，也遇见千辛万苦总算得了个集贤院待制的老朋友杜甫，便约着一起去登了慈恩寺。

岑参吟了一首诗：

> 秋色从西来，苍然满关中。
> 五陵北原上，万古青濛濛。
> 净理了可悟，胜因夙所宗。
> 誓将挂冠去，觉道资无穷。
> ——《与高适、薛据登慈恩寺浮图》

杜甫也皱着眉：

> 惜哉瑶池饮，日晏昆仑丘。
> 黄鹄去不息，哀鸣何所投。
> 君看随阳雁，各有稻粱谋。
> ——《同诸公登慈恩寺塔》

高适迈开了奔赴西域的脚步，目标是河西哥舒翰幕府。

天宝十二载（753）八月，陇右节度使哥舒翰击吐蕃，悉收九曲部落。

消息振奋人心。

当年在朔方见多了蓟北军"战士军前半死生，美人帐下犹歌舞"（《燕歌行》）。高适激动万分，写信给正在哥舒翰幕府当差的李希言：

> 遥传副丞相，昨日破西蕃。
> 作气群山动，扬军大旆翻。
> ……
> 长策一言决，高踪百代存。
> 威棱慑沙漠，忠义感乾坤。
> ——《同李员外贺哥舒大夫破九曲之作》

五十岁的梦想和激情令人动容。

就在这年的秋天，高适奔赴西域，就像奔赴年轻时没来得及实现的梦想。

万里黄沙，万里激情：

> 浩荡去乡县，飘飖瞻节旄。
> 扬鞭发武威，落日至临洮。
> 主人未相识，客子心忉忉。
> 顾见征战归，始知士马豪。
> ……
> 立马眺洪河，惊风吹白蒿。
> 云屯寒色苦，雪合群山高。
> 远戍际天末，边烽连贼壕。
> 我本江海游，逝将心利逃。
> 一朝感推荐，万里从英旄。
> 飞鸣盖殊伦，俯仰忝诸曹。
> ——《自武威赴临洮谒大夫不及因书即事
> 　　　寄河西陇右幕下诸公》

在飘飘的节旄指引下,从古老的凉州倏然而至,落日余晖中,临洮指日可及。

洗却半生羁绊,在大唐经营西域最辉煌的当口,高达夫将一生的浑厚和激越播洒在这茫茫边塞和沙场。

万里边疆上的盛唐万丈激情,就是为边塞诗而生,而激荡的。

老朋友王维半认真半玩笑地给高适此行送别:"苍头宿将,持汉节以临戎;白面书生,坐胡床而破贼。"(《送高判官从军赴河西序》)

然后笔锋一转:"然孤峰远戍,黄云千里,严城落日而闭,铁骑升山而出。胡笳咽于塞下,画角发于军中,亦可悲也。"

"大漠孤烟直,长河落日圆"(《使至塞上》),虽然并未涉足西域,王维其实也爱极了这大漠边塞。

适应了长风落日,或者与哥舒翰相与崇佛,或者做了河西节度使哥舒翰的左骁卫兵曹,充了掌书记,五十五岁的高适开始平静了下来:

> 将军族贵兵且强,汉家已是浑邪王。
> 子孙相承在朝野,至今部曲燕支下。
> 控弦尽用阴山儿,登阵常骑大宛马。
> 银鞍玉勒绣蜃弧,每逐嫖姚破骨都。
>
> ——《送浑将军出塞》

史诗的深厚慢慢消解了战场的硝烟,也因这浑厚的渐长渐浓,高适向"诗人之达者"也渐行渐近。

这一年，继天宝二年（743）陇右节度使皇甫惟明大破洪济城之后，哥舒翰又一次攻吐蕃，"破洪济、大莫门诸城，收九曲故地，列郡县"（宋祁、欧阳修《新唐书》），功不可谓不高。

高适有诗记之：

> 塞口连浊河，辕门对山寺。
> 宁知鞍马上，独有登临事。
> 七级凌太清，千崖列苍翠。
> 飘飘方寓目，想像见深意。
> 高兴殊未平，凉风飒然至。
> 拔城阵云合，转旆胡星坠。
> 大将何英灵，官军动天地。
> 君怀生羽翼，本欲附骐骥。
> 款段苦不前，青冥信难致。
> 一歌阳春后，三叹终自愧。
> ——《同吕判官从哥舒大夫破洪济城回登积石军多福七级浮图》

"宁知鞍马上，独有登临事"，高书记款款述之，不疾不徐。

激情退却，走过来一个稳重渊停的高书记。

就连面对故地九曲收复这样的盛事，高适也气定神闲：

> 万骑争歌杨柳春，千场对舞绣骐驎。

到处尽逢欢洽事,相看总是太平人。
——《九曲词三首(其二)》

也不忘烘托一下哥舒大夫的政绩宦升:

许国从来彻庙堂,连年不为在疆场。
将军天上封侯印,御史台中异姓王。
——《九曲词三首(其一)》

老朋友高大夫的优游和舒坦,也让这一年将家移至奉先县的老杜羡慕得不行:

壮节初题柱,生涯独转蓬。
几年春草歇,今日暮途穷。
军事留孙楚,行间识吕蒙。
防身一长剑,将欲倚崆峒。
——杜甫《投赠哥舒开府二十韵》

(按,《全唐诗》原注:一作"乡曲轻周处,将军拔吕蒙"。严武、高适辈皆共军事,鲁炅、曲环辈皆其部将。)

老杜的愿望没有实现,他转而投玄宗三大礼赋。

就像数年后,李白投永王李璘而败,系狱浔阳,至今人们找不到讨伐永王的淮南节度使高适援手救护老友的证据。

天宝十五载(756),高仙芝、封常清守潼关不利,被杀。

在"轮台万里地,无事历三年"(《首秋轮台》)之后,高适奔长安,向玄宗献策,拜左拾遗,转监察御史,进入朝廷命官行列。

玄宗西逃，高适走间道于河池郡追及。

八月，擢谏议大夫。

在李太白受聘于永王李璘幕后一个月，至德元载（756）十二月，高适拜淮南节度使，完成"诗人之达者"的逆袭。

后来，中唐文人李华评价高适："渤海高适达夫，落落有奇节。"（《三贤论》）

三百年大唐，边塞诗风遒劲时，正在它的"青春期"。

告别初唐的懵懂，没有中唐的妖娆，没有晚唐的内敛，在边缘，刮的却是帝国中心的旋风。

天宝十五载（756），随着安史乱起，边军内调勤王。高仙芝、封常清潼关失守，为监军边令诚构陷而被害，守护西域的一代战神陨落，盛唐边塞诗就此戛然而止。

那些曾经响彻边关、大漠、绿洲、哨亭、营垒，徘徊于天山南北、安西北庭的诗句，如一缕缕穿过坚硬煞白的劲草的风，被后人一吟千年。

主要参考文献

（一）文史综合

[汉]班固.汉书.北京：中华书局，1962.

[晋]陈寿.三国志.[南朝宋]裴松之，注.北京：中华书局，2011.

[唐]杜佑.通典.王文锦，等点校.北京：中华书局，1988.

[南朝宋]范晔.后汉书.[唐]李贤等，注.北京：中华书局，2000.

[宋]计有功.唐诗纪事校笺.王仲镛，校笺.成都：巴蜀书社，1989.

[后晋]刘昫，等.旧唐书.北京：中华书局，1975.

[宋]李昉，等.太平广记.北京：中华书局，2013.

[明]李濂.汴京遗迹志.周宝珠，程民生，点校.北京：中华书局，1999.

[唐]李林甫，等.唐六典.陈仲夫，点校.北京：中华书局，1992.

[唐]李延寿.北史.北京：中华书局，1974.

[唐]李延寿.南史.北京：中华书局，1975.

[元]马端临.文献通考.北京：中华书局，2006.

[宋]欧阳修.新五代史.北京：中华书局，1974.

[宋]钱俨.吴越备史.[清]丁丙，辑.光绪九年丁氏嘉惠堂武林掌

故丛本.

[宋]阮阅.诗话总龟.北京:人民文学出版社,1987.

[宋]司马光.资治通鉴考异.四部丛刊景宋刊本.

[宋]司马光.资治通鉴.北京:中华书局,2011.

[汉]司马迁.史记.北京:中华书局,1982.

[宋]宋敏求.唐大诏令集.北京:中华书局,2008.

[宋]宋祁,欧阳修.新唐书.北京:中华书局,1975.

[清]吴任臣.十国春秋.徐敏霞,周莹,点校.北京:中华书局,2010.

[清]王士禛.五代诗话.郑方坤,删补.戴鸿森,校点.北京:人民文学出版社,1998.

[唐]魏征.隋书.北京:中华书局,1997.

[唐]魏征.周书.北京:中华书局,1971.

[清]吴廷燮.唐方镇年表.北京:中华书局,2003.

[清]徐松.登科记考.赵守俨,点校.北京:中华书局,1984.

[宋]薛居正,等.旧五代史.北京:中华书局,1976.

[唐]张为.诗人主客图//丁福保.历代诗话续编.北京:中华书局,1983.

[宋]郑樵.通志.北京:中华书局,1987.

[清]周城.宋东京考.单远慕,点校.北京:中华书局,1988.

包伟民.陆游的乡村世界.北京:社会科学文献出版社,2020.

陈尚君.旧五代史新辑会证.上海:复旦大学出版社,2005.

岑仲勉.唐史余沈.上海:上海古籍出版社,1979.

岑仲勉.唐人行第录.上海:上海古籍出版社,1982.

岑仲勉.隋唐史.北京:中华书局,1982.

傅璇琮.唐才子传校笺.北京:中华书局,1987—1995.

傅璇琮，等.唐五代文学编年史.沈阳：辽海出版社，1998.

顾颉刚.苏州史志笔记.王旭华，辑.南京：江苏古籍出版社，1987.

洪业.杜甫：中国最伟大的诗人.曾祥波，译.上海：上海古籍出版社，2011.

罗联添.唐诗人轶事考辨.台北：台湾编译馆馆刊，1979（6）：113-129.

李希泌.唐大诏令集补编.上海：上海古籍出版社，2003.

陶敏.全唐诗人名汇考.沈阳：辽海出版社，2006.

谭优学.唐诗人行年考.成都：四川人民出版社，1981.

谭优学.唐诗人行年考续编.成都：巴蜀书社，1987.

吴汝煜，胡可先.全唐诗人名考.南京：江苏教育出版社，1990.

王水照.北宋三大文人集团.上海：上海古籍出版社，2021.

王水照.苏轼研究.北京：中华书局，2015.

余太山.西域通史.郑州：中州古籍出版社，1996.

郁贤皓.唐刺史考全编.合肥：安徽大学出版社，2000.

郁贤浩，胡可先.唐九卿考.北京：中国社会科学出版社，2003.

章群.通鉴及新唐书引用笔记小说研究.台北：文津出版社，1988.

周绍良.唐代墓志汇编.上海：上海古籍出版社，1992.

周绍良，赵超.唐代墓志汇编续集.上海：上海古籍出版社，2001.

邹志方.陆游研究.北京：人民出版社，2008.

赵超.新唐书宰相世系表集校.北京：中华书局，1998.

（二）地 志

[宋]范成大.吴郡志.陆振岳，点校.南京：江苏古籍出版社，1999.

[清]顾祖禹.读史方舆纪要.贺次君，施和金，点校.北京：中华书

局，2005.

[清]焦循，[清]江藩.扬州图经.薛飞，校点.南京：江苏古籍出版社，1998.

[唐]李吉甫.元和郡县图志.贺次君，点校.北京：中华书局，1983.

[唐]李泰，等.括地志辑校.贺次君，辑校.北京：中华书局，1980.

[唐]陆广微.吴地记.曹林娣，校注.南京：江苏古籍出版社，1986.

[宋]沈作宾，[宋]施宿.嘉泰会稽志.北京：中华书局，1990.

[明]王鏊.姑苏志.台北：台湾学生书局，1965.

[宋]王存.元丰九域志.魏嵩山，王文楚，点校.北京：中华书局，1984.

[宋]乐史.太平寰宇记.北京：中华书局，2008.

[宋]朱长文.吴郡图经续记.金菊林，校点.南京：江苏古籍出版社，1999.

[元]张铉.至大金陵新志.四库全书本.

[宋]祝穆.方舆胜览.[宋]祝洙，增订.施和金，点校.北京：中华书局，2003.

（三）笔　记

[唐]崔令钦.教坊记笺订.任半塘，笺订.北京：中华书局，1962.

[唐]封演.封氏闻见记.学海类编本.

[唐]冯贽.云仙杂记.四部丛刊续本.

[清]法式善.陶庐杂录.涂雨公，点校.北京：中华书局，1997.

[唐]范摅.云溪友议.四部丛刊续本.

[五代]何光远.鉴诫录.知不足斋本.

[宋]洪迈.容斋随笔，续笔，三笔，四笔，五笔.四部丛刊续景宋刊本.

[明]胡应麟.少室山房笔丛.上海：上海书店出版社，2001.

[唐]康骈.剧谈录.照旷阁学津讨原本.

[唐]刘肃.大唐新语.许德楠，李鼎霞，点校.北京：中华书局，1984.

[唐]刘餗.隋唐嘉话.程毅中，点校.北京：中华书局，1979.

[清]李斗.扬州画舫录.汪北平，涂雨公，点校.北京：中华书局，1960.

[唐]李冗.独异志.振鹭堂稗海本.

[宋]李廌.师友谈记.孔凡礼，点校.北京：中华书局，2002.

[唐]李肇.唐国史补.照旷阁学津讨原本.

[宋]陆游.老学庵笔记.李剑雄，刘德权，点校.北京：中华书局，1979.

[唐]孟棨.本事诗.津逮秘书本.

[宋]孟元老.东京梦华录笺注.伊永文，笺注.北京：中华书局，2007.

[宋]朋九万.东坡乌台诗案.四库全书本.

[唐]裴庭裕.东观奏记.缪荃孙藕香零拾本.

[宋]钱易.南部新书.粤雅堂丛书本.

[五代]孙光宪.北梦琐言.贾二强，点校.北京：中华书局，2002.

[宋]王谠.唐语林校证.周勋初，校证.北京：中华书局，1987.

[唐]韦绚.刘宾客嘉话录.学海类编本.

[唐]薛用弱.集异记.北京：中华书局，1980.

[宋]叶梦得.避暑录话.宣统观古堂本.

[宋]叶梦得.石林燕语.宇文绍奕，考异.侯忠义，点校.北京：中华书局，1984.

[明]张岱.陶庵梦忆校注.栾保群，校注.北京：中华书局，2021.

[唐]张固. 幽闲鼓吹. 丛书集成新本影明阳山顾氏十友斋据宋本刻本.

[唐]钟辂. 前定录. 照旷阁学津讨原本.

[宋]曾敏行. 独醒杂志. 朱杰人, 标校. 上海: 上海古籍出版社, 1986.

[唐]张鷟. 朝野佥载. 赵守俨, 点校. 北京: 中华书局, 1979.

[唐]郑处诲. 明皇杂录. 田廷柱, 点校. 北京: 中华书局, 1994.

方积六, 吴冬秀. 唐五代五十二种笔记小说人名索引. 北京: 中华书局, 1992.

陶敏. 全唐五代笔记. 西安: 三秦出版社, 2012.

朱易安等. 全宋笔记. 郑州: 大象出版社, 2003—2018.

(四) 全集、别集

[唐]白居易. 白居易集. 顾学颉, 校点. 北京: 中华书局, 1979.

[唐]白居易. 白居易诗集校注. 谢思炜, 校注. 北京: 中华书局, 2006.

[唐]白居易. 白氏长庆集. 四部丛刊影日本翻宋大字本.

[南朝宋]鲍照. 鲍参军集注. 钱仲联, 增补集说校. 上海: 上海古籍出版社, 1980.

[唐]岑参. 岑嘉州诗笺注. 廖立, 笺注. 北京: 中华书局, 2004.

[唐]岑参. 岑参集校注. 陈铁民, 侯忠义, 校注. 陈铁民, 修订. 上海: 上海古籍出版社, 2004.

[唐]独孤及. 毘陵集. 四部丛刊景亦有生斋校本.

[清]董诰. 全唐文. 北京: 中华书局, 1983.

[唐]杜甫. 杜甫全集校注. 萧涤非等, 校注. 北京: 人民文学出版社, 2014.

[唐]杜甫.杜诗镜铨.[清]杨伦,笺注.上海:上海古籍出版社,
　　2019.

[唐]杜甫.杜诗详注.[清]仇兆鳌,注.北京:中华书局,2015.

[唐]杜甫.钱注杜诗.[清]钱谦益,笺注.上海:上海古籍出版社,
　　2009.

[唐]杜牧.杜牧集系年校注.吴在庆,校注.北京:中华书局,2008.

[唐]杜牧.樊川文集.陈允吉,校点.上海:上海古籍出版社,2020.

[唐]杜牧.樊川诗集注.[清]冯集梧,注.上海:上海古籍出版社,
　　1962.

[唐]高适.高适集校注.孙钦善,校注.上海:上海古籍出版社,
　　1984.

[唐]高适.高适诗集编年笺注.刘开扬,笺注.北京:中华书局,
　　1981.

[唐]贯休.禅月集.四部丛刊初景宋写本.

[唐]韩愈.昌黎先生集.中华再造善本景宋咸淳廖氏世彩堂刻本.

[唐]韩愈.韩昌黎文集校注.马其昶,校注.马茂元,整理.上海:
　　上海古籍出版社,1998.

[唐]罗隐.罗隐集.雍文华,校辑.北京:中华书局,1983.

[宋]陆游.放翁词编年笺注(增订本).夏承焘,吴熊和,笺注.
　　陶然,订补.上海:上海古籍出版社,2012.

[宋]陆游.剑南诗稿校注.钱仲联,校注.上海:上海古籍出版社,
　　2015.

[宋]陆游.渭南文集校注.马亚中,涂小马,校注.杭州:浙江古籍
　　出版社,2015.

[唐]李白.李白集校注.瞿蜕园,朱金诚,校注.上海:上海古籍出
　　版社,2011.

[唐]李白.李白全集编年笺注.安旗等,笺注.北京:中华书局,2015.

[唐]李白.李白全集编年注释.安旗,注释.成都:巴蜀书社,1990.

[唐]李白.李白全集校注汇释集评.詹锳,集评.天津:百花文艺出版社,2010.

[唐]李白.李太白全集.[清]王琦,注.北京:中华书局,1977.

[唐]李白.李太白全集校注.郁贤皓,校注.南京:凤凰出版社,2016.

[唐]李华.李遐叔文集.四库全书本.

[唐]李冶,薛涛,鱼玄机.唐女诗人集三种.陈文华,校注.上海:上海古籍出版社,1984.

[唐]骆宾王.骆临海集笺注.[清]陈熙晋,笺注.上海:上海古籍出版社,1985.

[唐]陆龟蒙.甫里先生文集.四部丛刊景黄荛圃校明抄本.

[唐]孟浩然.孟浩然诗集笺注.佟培基,笺注.上海:上海古籍出版社,2000.

[宋]梅尧臣.梅尧臣集编年校注.朱东润,编年校注.上海:上海古籍出版社,2020.

[宋]梅尧臣.宛陵先生文集.中华再造善本景宋绍兴十年汪伯彦刻嘉定十六年至十七年重修本.

[宋]欧阳修.欧阳修词笺注.黄畬,笺注.北京:中华书局,1986.

[宋]欧阳修.欧阳修集编年笺注.李之亮,笺注.成都:巴蜀书社,2007.

[宋]欧阳修.欧阳修全集.李逸安,点校.北京:中华书局,2001.

[宋]欧阳修.欧阳修诗编年笺注.刘德清,顾宝林,欧阳明亮,笺注.北京:中华书局,2017.

[宋]欧阳修.欧阳修诗文集校笺.洪本健,校笺.上海:上海古籍出版社,2009.

[清]彭定求等.全唐诗.北京:中华书局,1960.

[宋]钱惟演.钱惟演集.胡耀飞,点校.杭州:浙江古籍出版社,2014.

[唐]司空图.司空表圣文集.四部丛刊景涵芬楼藏旧抄本.

[宋]苏轼.东坡词编年笺证.薛瑞生,笺证.西安:三秦出版社,1998.

[宋]苏轼.东坡乐府笺.[清]朱孝臧,编年.龙榆生,校笺.朱怀春,标点.上海:上海古籍出版社,2017.

[宋]苏轼.苏东坡全集.曾枣庄,舒大刚,主编.北京:中华书局,2021.

[宋]苏轼.苏轼词编年校注.邹同庆,王宗堂,校注.北京:中华书局,2016.

[宋]苏洵.嘉祐集笺注.曾枣庄,金成礼,笺注.上海:上海古籍出版社,1993.

[宋]苏辙.栾城集.明嘉靖二十年活字印本.

[唐]温庭筠.温庭筠全集校注.刘学锴,校注.北京:中华书局,2021.

[唐]王勃.王子安集注.[清]蒋清翊,注.上海:上海古籍出版社,1995.

[唐]韦应物.韦应物集校注.陶敏,王友胜,校注.上海:上海古籍出版社,1998.

[唐]韦应物.韦应物诗集系年校笺.孙望,校笺.北京:中华书局,2002.

[宋]辛弃疾.稼轩词编年笺注.邓广铭,笺注.上海:上海古籍出版

社，2016.

[宋]辛弃疾.稼轩词校注（附诗文年谱）.郑骞，校注.台北：台湾大学出版中心，2013.

[宋]辛弃疾.辛弃疾编年笺注.辛更儒，笺注.北京：中华书局，2015.

[唐]薛涛.薛涛诗笺.张篷舟，笺.北京：人民文学出版社，1983.

[梁]萧统.六臣注文选.[唐]李善，等注.北京：中华书局，2012.

[唐]杨炯，卢照邻.杨炯集，卢照邻集.徐明霞，点校.北京：中华书局，1980.

[唐]颜真卿.颜鲁公文集.四部丛刊影明锡山安氏馆刊本.

[唐]元稹.元氏长庆集.四部丛刊影嘉靖壬子董氏刊本.

[宋]曾几.茶山集.四库全书本.

[宋]朱熹.昌黎先生集考异.上海：上海古籍出版社，1985.

陈尚君.全唐诗补编.北京：中华书局，1992.

陈尚君.全唐文补编.北京：中华书局，2005.

陈寅恪.元白诗笺证稿.北京：生活·读书·新知三联书店，2001.

傅璇琮等.全宋诗.北京：北京大学出版社，1998.

四川大学古籍整理研究所.全宋文.上海：上海辞书出版社，2006.

吴钢.全唐文补遗·千唐志斋新藏专辑.西安：三秦出版社，2006.

吴钢.全唐文补遗.王京阳，等，点校.西安：三秦出版社，1994.

（五）年谱传记

[宋]胡柯.庐陵欧阳文忠公年谱.北京图书馆藏珍本年谱丛刊本.

[清]华孳亨.增订欧阳文忠公年谱.北京图书馆藏珍本年谱丛刊本.

[宋]吕大防，等.韩愈年谱.徐敏霞，校辑.北京：中华书局，1991.

[宋]钱世昭.钱氏私志.四库全书本.

[清]杨希闵.欧阳文忠公年谱.北京图书馆藏珍本年谱丛刊本.

[宋]赞宁.宋高僧传.范祥雍,点校.北京:中华书局,1987.

安旗.李白传.北京:人民文学出版社,2019.

北京图书馆.北京图书馆藏珍本年谱丛刊.北京:北京图书馆出版社,1999.

卞孝萱.刘禹锡年谱.北京:中华书局,1963.

卞孝萱.元稹年谱.济南:齐鲁书社,1980.

陈贻焮.杜甫评传.北京:生活·读书·新知三联书店,2022.

丁鼎.牛僧孺年谱.沈阳:辽海出版社,1997.

邓广铭.辛稼轩年谱(增订本).上海:上海古籍出版社,1997.

傅璇琮.李德裕年谱.北京:中华书局,2013.

傅璇琮,张忱石,许逸民.唐五代人物传记资料综合索引.北京:中华书局,1982.

巩本栋.辛弃疾评传.南京:南京大学出版社,1998.

胡云翼.浪漫诗人杜牧.上海:亚细亚书局,1928.

孔凡礼.三苏年谱.北京:北京古籍出版社,2004.

孔凡礼.苏轼年谱.北京:中华书局,1998.

罗联添.唐代诗文六家年谱.台北:学海出版社,1986.

梁启超.辛稼轩先生年谱.北京:中华书局,1936.

刘小川.苏东坡传:一蓑烟雨任平生.长春:时代文艺出版社,2020.

林语堂.苏东坡传.张振玉,译.长沙:湖南文艺出版社,2018.

李一冰.苏东坡新传.成都:四川人民出版社,2020.

缪钺.杜牧年谱.石家庄:河北教育出版社,1999.

王水照.宋人所撰三苏年谱汇刊.北京:中华书局,2015.

王水照,崔铭.欧阳修传.北京:人民文学出版社,2019.

夏承焘. 唐宋词人年谱（修订本）. 上海：古典文学出版社，1955.
于北山. 陆游年谱. 北京：中华书局，1961.
朱东润. 朱东润传记作品全集（第一卷）. 上海：东方出版中心，1999.
朱东润. 朱东润传记作品全集（第二卷）. 上海：东方出版中心，1999.
朱金城. 白居易年谱. 上海：上海古籍出版社，1982.
周勋初. 高适年谱. 上海：上海古籍出版社，1980.
周勋初. 李白评传. 南京：南京大学出版社，2005.
张志烈. 初唐四杰年谱. 成都：巴蜀书社，1993.